歷代全集叢刊/張印棟主編

蘇子由遺著彙刊

（第十一册）

（北宋）蘇轍　撰

河南人民出版社

欽定四庫全書

古史卷十六

宋　蘇轍　撰

晉唐叔世家第九

唐叔虞者周武王之子而成王之弟也其母邑姜齊太公尚之女也邑姜方娠武王夢帝謂已余命而子曰虞將予之唐屬之參而蕃育其子孫及生有文在其手曰虞遂以命之武王崩周公滅唐成王與叔虞戲削桐葉為珪以予之曰以此封若史佚因請擇日立叔虞成王

曰吾與之戲耳史佚曰天子無戲言言則史書之禮成之樂歌之於是遂封叔虞於唐分之以大路密須之鼓闕鞏姑洗懐姓九宗職官五正叔虞之封歳在大火閼伯之星實紀商人故瞽史之紀曰唐叔之世將如商數唐叔卒子爕立因晉水改號晉侯晉侯卒子武侯寧族立武侯卒子成侯服人立成侯卒子厲侯福立厲侯卒子靖侯宜臼立靖侯十七年周厲王出奔彘十八年靖侯卒子釐侯司徒立釐侯十四年周宣王初立十八年

鼜侯卒子獻侯籍立獻侯十一年卒子穆侯費王立穆侯四年娶齊女姜氏為夫人七年伐條生太子命之曰仇十年伐千畆有功生少子命之曰成師師服曰異哉君之名子也嘉耦曰妃怨耦曰仇今君命太子曰仇弟曰成師始兆亂矣兄其替乎二十七年穆侯卒弟殤叔自立太子仇出奔殤叔四年仇襲殺殤叔而立是為文侯文侯十年周東徙文侯與鄭武公迎立平王而安定之平王命文侯為諸侯伯賜之秬鬯一卣彤弓矢百盧

弓矢百馬四匹作文侯之命三十五年文侯卒子昭侯伯立元年晉始亂封成師于曲沃是為曲沃桓叔靖侯之孫欒賓傅之是時桓叔年五十八矣好德而强晉人附焉師服曰晉以甸侯而建國本既弱矣其能久乎七年潘父殺昭侯而納桓叔不克晉人立昭侯之子平是為孝侯孝侯八年曲沃桓叔卒子鱓代立是為曲沃莊伯十五年莊伯伐翼弑孝侯晉人立孝侯之弟是為鄂侯鄂侯二年魯隱公初立六年曲沃莊伯以鄭人邢人

伐翼周使尹氏武氏助之鄂侯奔隨既而曲沃叛周王命虢公伐曲沃而立鄂侯之子光是為哀侯哀侯元年翼九宗五正頃父之子嘉父逆鄂侯于隨納諸鄂故謂之鄂侯二年曲沃莊伯卒子稱代立是為曲沃武公八年哀侯侵陘庭之田陘庭啓曲沃伐翼九年曲沃武公伐翼逐哀侯于汾隰夜獲之及欒共叔晉人立哀侯之子是為小子侯小子侯四年曲沃武公誘而殺之明年滅翼冬王命虢仲立哀侯之弟緡于晉侯緡二年虢仲

芮伯梁伯荀侯賈伯伐曲沃二十七年曲沃滅晉王使虢公命曲沃武公以一軍為晉侯武公穆公之曾孫也自桓叔之初封至是六十七年而自武公之立至是三十七年矣卒代晉為諸侯武公代晉二年而卒子獻公詭諸立獻公患桓莊之族偪與士蔿謀去富子七年士蔿殺游氏之二子八年盡殺游氏之族城聚以處羣公子圍而盡殺之九年虢人侵我十年公將伐虢士蔿曰虢公驕若驟勝於我必棄其民無民而後可伐也乃止

初公取於賈無子烝於齊姜生秦穆夫人及太子申生又取於戎大戎狐姬生重耳小戎子生夷吾公伐驪戎驪戎男女以驪姬生奚齊其娣生卓子驪姬嬖欲立其子賂外嬖梁五與東關嬖五使言於公出羣公子於外十一年使太子居曲沃重耳居蒲夷吾居屈羣公子皆鄙惟二姬之子在絳十六年初作二軍公將上軍太子將下軍趙夙御戎畢萬為右以滅耿滅霍滅魏還為太子城曲沃賜趙夙耿賜畢萬魏以為大夫士蒍曰太子

不得立矣分之都城而位以卿先爲之極又焉得立不如逃之無使罪至爲吳太伯不亦可乎十七年使太子伐東山臯落氏里克諫曰太子奉冢祀社稷之粢盛以朝夕視君膳者也君行則守有守則從從曰撫軍守曰監國古之制也若夫帥師征伐君與國政之所圖非太子之事也公曰寡人有子未知其誰立不對而退太子將行公衣之偏衣佩之金玦狐突御戎先友爲右梁餘子養御罕夷先丹木爲右羊舌大夫爲尉狐突等五人

識公意勸太子行惟羊舌大夫不可曰違命不孝廢事不忠子其死之十九年荀息請以屈産之乘與垂棘之璧假道於虞以伐虢公曰是吾寶也對曰若得道於虞猶外府也公曰宫之奇在何益對曰宫之奇之為人懦而不能强諫且少長於君君昵之雖諫不聽乃使荀息假道於虞虞公許之且請先伐虢宫之奇諫不聽遂起師里克荀息以兵會之滅下陽而還二十一年公將立奚齊驪姬謂太子君夢齊姜必速祭之太子祭于曲沃

歸胙于公公田姬寘諸宫六日公至毒而獻之公祭之地地墳與犬犬斃與小臣小臣亦斃姬泣曰賊由太子太子奔新城公殺其傅杜原款或謂太子子辭君必辯焉太子曰君非姬氏居不安食不飽我辭姬必有罪吾不忍也然則子其行乎太子曰君實不察其罪被此名以出人誰納我遂縊而死姬復譖二公子曰皆知之重耳奔蒲夷吾奔屈二十二年公使寺人披伐蒲重耳曰君父之命不校逾垣而走披斬其袪遂出奔翟公復使

假道於虞宫之奇曰虢虞之表也虢亡虞必從之晉不
可啟寇不可翫一之謂甚可再乎弗聽宫之奇以其族
行公遂伐虢滅之師還舘于虞滅之二十三年公使賈
華伐屈夷吾不能守乃奔梁二十六年公疾病召荀息
而屬之以奚齊問所以定之者荀息對曰臣竭其股肱
之力加之以忠貞其濟君之靈也不濟則以死繼之九
月公卒里克丕鄭將納重耳以三公子之徒作亂十月
殺奚齊于次荀息將死之人曰不如立卓子而輔之乃

立卓子以葬十一月里克殺卓子荀息死之初重耳之
亡也謀適齊楚狐偃曰齊楚道遠而望大不可以困往
不如走狄狄近晉而不通愚陋而多怨可以休憂乃之狄
處一年夷吾亦出奔曰盍從吾兄於狄乎冀芮曰後出
同走罪也且偕出偕入難不如走梁梁近於秦秦親吾
君君老矣子往驪姬懼且必告悔乃之梁及里克既殺
二子使屠岸夷名重耳重耳謀於狐偃偃曰堅樹在本
始不固本終必槁落不哀喪而求國難因亂以入殆以

喪得國則必樂喪因亂以入則必喜亂是哀樂喜怒之節易也何以導民重耳曰非喪誰繼非亂誰納偃曰喪亂有大小大喪大亂之剡不可犯也父母死為大喪讒在兄弟為大亂今適當之故難重耳出見使者而辭之呂甥郤稱亦使蒲城午名夷吾曰子厚賂秦以求入吾主子夷吾謀於冀芮芮曰子勉之國亂民擾大夫無常不可失也非亂何入非危何安子盍盡國以賂內外無愛虛以求入夷吾出見使者再拜稽首許諾呂甥乃告

大夫請君于秦大夫許之使梁由靡告秦穆公穆公使公子縶弔重耳于狄且告將立之重耳辭曰重耳身亡父死不得與哭泣之位其敢有他志以辱君義再拜不稽首起而哭退而不私公子縶退弔夷吾于梁如弔重耳夷吾見使者再拜稽首起而不哭退而私於縶曰大夫里克與我矣吾命之以汾陽之田百萬丕鄭與我矣吾命之以負蔡之田七十萬君茍輔我蔑天命矣且請入河外列城五公子縶反致命穆公穆公曰吾立重耳

重耳仁再拜不稽首不役為後也起而哭愛其父也退而不私不役於利也縶曰君過矣君若求置晉君而載之置仁不亦可乎若求置晉君以成名則不如置不仁可以進退穆公乃以師會齊隰朋納夷吾于晉是為惠公穆公問公孫枝曰夷吾其定乎對曰維則定國詩曰不識不知順帝之則又曰不僭不賊鮮不為則無好無惡不忌不克之謂也今其言多忌克難哉惠公入而背内外之賂元年殺里克以弒君之罪罪之使丕鄭聘于

秦且謝緩賂丕鄭言於秦曰呂甥郤稱冀芮實為不從若重問以名之臣出晉君君納重耳蔑不濟矣秦伯使泠至報問且名三子郤芮曰幣重而言甘誘我也遂殺丕鄭祁舉及七輿大夫丕豹奔秦二年王使召武公内史過來賜公命公受玉惰過曰晉侯必無後王子帶召戎以伐京師師及秦師伐戎以救周四年晉荐饑乞糴于秦秦輸粟于我自雍及絳相繼五年冬秦饑使來乞糴弗與慶鄭曰背施無親幸災不仁貪愛不祥怒隣不

義四德皆失何以守國號射曰皮之不存毛將安傅不如勿予慶鄭曰君必悔是矣六年秦伯伐我公謂慶鄭曰寇深矣若之何對曰君實深之可若何公曰不孫卜右慶鄭吉弗使步揚御戎家僕徒為右乘小駟鄭入也慶鄭曰古者大事必乘其產生其水土而知其人心安其教訓而服習其道唯所納之無不如志今乘異產以從戎事及懼而變將與人易弗聽戰于韓原晉戎馬還濘而止公號慶鄭鄭不救梁由靡御韓簡號射為右輅

秦伯將止之鄭以救公誤之遂失秦伯秦獲公以歸秦
公子縶請殺公公孫枝曰歸之而質其太子必得大成
晉未可滅而殺其君祇以成惡乃許晉平公使郤乞名
呂甥甥教之朝國人而以君命賞且告之曰孤雖歸辱
社稷矣其卜貳圉也衆皆哭呂甥謀於衆請征繕以輔
孺子衆説乃作州兵十月呂甥會秦于王城秦伯問曰
晉國和乎對曰不和公曰何故曰小人恥失其君而悼
喪其親不憚征繕以立圉也曰必報讎寧事戎狄君子

愛其君而知其罪不憚征繕以待秦命曰必報德有死
無二以此不和秦伯曰國謂君何對曰小人慼謂之不
免君子恕以為必歸小人曰我毒秦秦豈歸君君子曰
我知罪矣秦必歸君貳而執之服而舍之德莫厚焉刑
莫威焉服者懷德貳者畏威此一役也秦可以伯納而
不定廢而不立以德為怨秦其不然秦伯曰是吾心也
改公館而饋之七牢十一月公歸自秦殺慶鄭而後入
入河東於秦於是晉饑秦復餼焉公畏重耳使寺人披

殺之於狄重耳聞之去狄適齊八年子圉為質於秦秦歸河東而妻之子圉梁出也十年秦滅梁十三年子圉將逃歸欲與嬴氏行嬴曰子晉太子而辱於此子歸宜矣然寡君使我侍執巾櫛所以固子也從子而歸是棄命也不敢從亦不敢言遂逃歸十四年惠公卒子懷公圉立懷公命無從亡人期期而不至無赦狐突之子毛及偃從重耳在秦不名公命執之辭曰二子事重耳有年矣臣若名之是教之貳也父教子貳何以事君公命

殺之明年秦伯以兵納重耳是為文公文公之初亡年
十有七矣從者狐偃趙衰顛頡魏犨胥臣皆賢人也狄
人伐廧咎如獲其二女叔隗季隗納諸公子公子取季
隗以叔隗妻趙衰處狄十二年寺人披求殺之狐偃謀
曰始吾來此非以狄為榮將休以擇利也今既久可以
行矣齊侯老矣管仲隰朋皆死此亦欲得賢以自輔可
從也遂行過衛衛文公不禮焉出於五鹿乞食於野人
野人與之塊公子怒將鞭之狐偃曰天賜也受而載之

及齊齊桓公妻之有馬二十乘公子安之居二年桓公
卒孝公立齊不競從者欲行謀於桑下蠶妾在其上以
告姜氏姜氏殺之勸公子行不從姜與從者謀醉而遣
之醒以戈逐狐偃及曹曹共公亦不禮焉僖負羈知其
賢饋之以璧及宋宋襄公贈之以馬二十乘及鄭鄭文
公亦不禮焉及楚楚子饗之曰公子若反晉國將何以
報我對曰子女玉帛羽毛齒革皆君有也其何以報君
曰雖然必言之對曰若以君靈得反晉國晉楚治兵遇

於中原其辟君三舍若不獲命其左執鞭弭右屬櫜鞬
以與君周旋楚令尹成得臣畏其言大請殺之楚子曰
晉公子廣而儉文而有禮其從者肅而寬忠而能力晉
侯無親内外惡之吾聞姬姓唐叔之後其後衰者也其
將由晉公子乎天將興之誰能廢之違天必有大咎乃
送諸秦秦伯納女五人懷嬴與焉公子疑之胥臣勸納
之問於狐偃偃曰將奪其國其妻何有乃取之他日秦
伯享公子公子賦河水秦伯賦六月趙衰以公子降拜

稽首時惠公既卒矣明年正月秦伯以兵納公子二月晉人以兵禦之秦伯使公子縶如晉師晉師退辛丑狐偃盟秦晉之大夫丙午公子入曲沃丁未朝于武宮使殺懷公于高梁呂郤畏偪將焚宮以作亂寺人披知之請見公公讓不見披曰臣謂君之入也其知之矣若猶未也又將及難君命無二古之制也除君之惡惟力是視蒲人狄人余何有焉齊桓公置射鉤而使管仲相君若易之何辱命焉公見之以難告三月公微會秦伯于

王城已丑晦公宫火吕甥郤芮不獲公乃如河上秦伯誘而殺之公逆夫人以歸秦伯送衛兵三千以備患公歸賞從亡者介之推不與推曰獻公之子九人唯君在矣惠懐自棄於天天未絶晉非君誰立天實置之而二三子以為已功不亦誣乎遂與其母亡去皆隱而死公求之不得以緜上為之田曰以志吾過且旌善人於是屬百官賦職任功棄責薄斂救乏振滯輕關易道通商寛農懋穡勸分省用足財以厚民性舉善援能官方定

物昭舊族愛親戚尊貴寵賞功勞事耇老禮賓旅胥籍狐箕欒郤伯先羊舌董韓實掌近官諸姬之良掌其中官異姓之能掌其遠官公食貢大夫食邑士食田庶人食力工商食官皂隸食職官宰食加政平民阜財用不匱是時周有叔帶之亂王出居鄭使告難于秦晉二年秦伯軍于河上將納王狐偃言於公曰求諸侯莫如勤王繼文之業而信宣於諸侯今其時矣公從之辭秦師而以兵赴王三月次于陽樊右師圍溫左師逆王四月

王入于王城取叔帶于温殺之公朝王王享之請隧弗許杜預曰隧王之葬禮也韋昭曰隧謂六遂也韋義為長曰王章也不可以二王賜公陽樊温原欑茅之田陽樊不服圍之倉葛呼曰此誰非王之親姻其俘之也乃出其民原亦不順伐之命三日之糧原不降命去之諜出曰原將降矣軍吏請待之公曰信民之寳也得原失信何以庇民退一舍而原降使趙衰為原大夫狐溱為温大夫三年宋人以其有德於我也叛楚從我楚使成得臣伐之魯人以齊難故

以楚師伐齊取穀楚使申公叔侯戍之四年楚子及諸侯圍宋宋使公孫固來告先軫曰報施救患取威定伯於此在矣狐偃曰楚始得曹而新昏於衛若伐曹衛楚必救之則齊宋免矣於是蒐于被廬作三軍使郤縠將中軍郤溱佐之狐毛將上軍狐偃佐之欒枝將下軍先軫佐之荀林父御戎魏犨為右五年將伐曹假道於衛衛人不聽還自南河濟侵曹伐衛郤縠卒使先軫將中軍胥臣佐下軍衛侯出居襄牛師遂入曹令無入僖負

羈之宫魏犫顛頡違命爇僖負羈氏將誅二子公材魏
犫而免之殺顛頡以徇于軍立舟之僑以為戎右宋復
使門尹般告急公曰我欲伐楚矣而齊秦未可奈何先
軫曰使宋厚賂齊秦藉之告楚我執曹君而分曹衛之
田以賜宋人楚愛曹衛必不許也則齊秦欲戰矣公從
之楚子入居于申使申叔去穀使得臣去宋曰無從晉
師晉侯在外十九年矣而果得晉國險阻艱難備嘗之
矣民之情偽盡知之矣天假之年而除其害天之所置

其可廢乎得臣不聽而使請戰楚子怒之而不能禁得臣使宛春來告曰請復衛侯而封曹臣亦釋宋之圍狐偃曰子玉無禮君取一臣取二不可失矣先軫曰子與之楚一言而定三國我一言而亡之若不許楚是棄宋也楚有三施我有三怨將何以戰不如私許復曹衛以攜之執宛春以怒楚公說拘宛春於衛且私許復曹衛曹衛告絶于楚得臣怒從晉師師退軍吏曰以君辟臣辱也且楚師老矣何故退狐偃曰師直為壯曲為老豈

在久乎微楚之惠不及此退三舍避之所以報也背惠
食言以亢其讎我曲楚直其衆素飽不可謂老我退而
楚還我將何求若其不還君退臣犯曲在彼矣退三舍
楚衆欲止得臣不可四月師及宋師齊師秦師次于城
濮晉車七百乘韅靷鞅靽公登有莘之墟以觀之曰少
長有禮其可用也遂及楚師戰楚師敗績楚殺得臣於
是鄭伯請成衛侯出奔楚王親勞師作王宮于踐土五
月獻楚俘于王鄭伯傅王如平王享文侯之禮王命尹

氏王子虎内史叔興父策命公爲侯伯受策以出出入三覲王子虎盟諸侯于王庭衛侯復歸于衛城濮之戰中軍風于澤亡大旆之左旃司馬殺祁瞞以徇于諸侯使茅茷代之師還濟河舟之僑先歸士會攝右七月振旅愷以入獻俘授馘飲至大賞殺舟之僑以徇于國三罪而民服公始入而教民二年欲用之狐偃曰民未知義未安其居於是出定襄王入務利民民懷生矣將用之狐偃曰民未知信未宣其用於是伐原以示之信民

易資者不求豐焉公曰可矣狐偃曰民未知禮未生其共於是大蒐以示之禮作執秩以正其官民聽不惑而後用之一戰遂伯諸侯公將以諸侯朝王而不敢合諸侯於周冬會于溫名王以諸侯見孔子曰以臣名君不可以訓故春秋書之曰天王狩于河陽衛侯與元咺訟不勝執而歸之京師遂以諸侯圍許歸曹伯于曹七年公及秦伯圍鄭以討其無禮我軍函陵秦軍氾南鄭伯使燭之武夜見秦伯秦伯私與鄭盟而還狐偃請擊之

公止之亦歸八年蒐于清原作五軍以禦狄趙衰始爲卿九年文公卒子襄公驩立冬秦伯使孟明西乞白乙帥師襲鄭鄭人知之不克元年秦師滅滑而還先軫曰秦違蹇叔而以貪勤民天奉我也子墨衰絰與姜戎敗秦師于殽獲其三帥文嬴請而歸之先軫怒使陽處父追之不及孟明歸秦伯哭以逆師曰非三子之罪也復用之八月狄伐我公禦之于箕先軫死之郤缺獲白狄子郤缺者郤芮之子也以父故廢耕於野其妻饁之敬

相待如賓胥臣見而賢之言於文公以為下軍大夫反
自箕以三命命先且居將中軍以再命命先茅之縣賞
胥臣以一命命郤缺為卿復與之冀衛成公不朝二年
將伐衛先且居曰效尤禍也請君朝王臣從師五月圍
戚取之衛孔達伐我三年秦使孟明來伐戰于彭衙秦
師敗績秦伯猶用孟明孟明增修國政重施於民趙衰
言於諸大夫曰秦師又至必將辟之懼而修德不可當
也六月士縠會諸侯于垂隴將討衛衛執孔達以説冬

先且居以諸侯之師伐秦取汪及彭衙四年秦伯來伐取王官及郊我師不出封殽尸而還五年公伐秦圍邧新城六年趙衰欒枝先且居胥臣皆死七年蒐于夷舍二軍使狐射姑將中軍趙盾佐之陽處父故事趙衰且謂盾能請改蒐而易中軍從之於是趙盾為政晉國以治八月襄公卒太子少諸大夫謀立長君趙盾使先蔑士會逆公子雍于秦狐射姑亦使逆公子樂于陳趙盾使殺樂于郫射姑自知無援且怨陽處父使續鞫居殺

之而出奔狄秦康公以兵送公子雍太子之母穆嬴曰抱太子以啼于朝諸大夫患之明年春乃立太子夷皐是為靈公而以兵禦秦師敗之先蔑士會皆奔秦八月趙盾盟諸侯于扈郤缺言於趙盾曰日衛不睦故取其地今已睦矣可以歸之叛而不伐何以示威服而不柔何以示懷盾說二年使解楊反衛之侵地諸侯是以睦於晉夷之蒐襄公將登箕鄭父先都而使士縠梁益耳將中軍先克曰狐趙之勲不可廢也先克奪蒯得田故

五人作亂三年使賊殺先克既而五人皆誅死秦晉歲相侵伐六年冬趙盾禦秦師于河曲上軍佐臾駢曰秦不能久請深壘固軍以待之從之秦伯欲戰問於士會會知駢之謀曰趙有側室曰穿弱而好勇臾駢之佐上軍穿不喜也若使輕者肆焉其可秦軍掩晉上軍我師不動穿果追之盾曰秦獲穿矣乃皆出戰交綏秦師將遁使來請戰臾駢曰使者目動而言肆懼我也將遁矣薄諸河必敗之胥甲趙穿不順師無功而還七年六卿

相見於諸浮趙盾言曰隨會在秦賈季在狄難日至矣
奈何荀林父請復賈季郤缺曰賈季亂且罪大不如隨
會能賤而有恥柔而不犯其知足使也乃使魏壽餘偽
以魏叛以誘士會秦伯師於河西壽餘請使東人之在
秦者先與魏人言秦伯使士會會旣濟魏人譟而歸邾
文公卒其子貜且齊出也捷菑晉出也邾人立貜且捷
菑來奔八年六月趙盾盟諸侯于新城謀立捷菑七月
盾以諸侯之師八百乘納捷菑于邾邾人辭曰齊出貜

且長盾曰辭順而弗從不祥乃還齊公子商人弑其君舍九年十一月公會諸侯于扈將伐齊齊人納賂以免十年宋人弑其君杵臼十一年春荀林父及諸侯之大夫伐宋六月公會諸侯于扈將討宋不克十三年夏討河曲之不用命者放胥甲于衛而免趙穿齊宋既以賂免鄭穆公曰晉不足與矣故鄭人受盟于楚陳共公之卒也楚人不禮於陳故陳靈公受盟于晉秋楚子侵陳遂侵宋趙盾帥師救陳宋楚囚解楊乃還冬趙穿侵崇

將以求成于秦秦不與成時靈公侈虐趙盾諫不聽故
不競于秦楚十四年春秦師伐我趙盾以諸侯之師禦
之遂侵鄭楚使鬬椒救鄭趙盾避之而還靈公益肆彈
人于臺上而觀其避丸宰夫胹熊膰不熟殺之趙盾與
士會皆諫猶不改盾驟諫公患之將殺盾盾得脫去遂
出奔趙穿弒靈公於桃園盾未出山而復太史董狐書
曰趙盾弒其君以示於朝盾曰非我也史曰子為正卿
亡不越境反不討賊非子而誰盾不能答孔子蓋善之

也盾使趙穿逆文公子黒臀于周而立之是為成公驪姬之亂詛無畜羣公子自是晉無公族成公即位始以卿之適子為公族餘子為餘子庶子為公行四年赤狄伐我公欲伐之荀林父曰使疾其民以盈其貫乃可殪也乃止七年公會諸侯于扈楚莊王方强陳侯畏楚不會使荀林父伐陳公卒于扈師還子景公獳立楚子伐鄭郤缺救之鄭伯敗楚師懼而及楚平元年會諸侯之師伐鄭二年公會狄于欑函始服衆狄三年楚子入鄭荀

林父帥六卿救之及河聞鄭既及楚平林父欲還諸將畏楚皆不欲戰先縠不可曰成師以出聞敵强而退非夫也以中軍佐濟林父不能禁師遂濟楚子欲還嬖人伍參知先縠不順勸戰使來求成又使致師以疑之諸將不一戰于邲我師敗績楚因知罃以歸師還林父請死公將許之士渥濁曰城濮之役晉入楚師三日穀文公猶有憂色或問之公曰得臣猶在憂未歇也困獸猶鬬況國相乎及楚殺子玉而後喜可知也曰莫余毒也

已楚是以再世不競今天或者大警晉也而又殺林父以重楚勝其無乃久不競乎公從之使復其位先縠不得志於邲將以赤狄爲亂四年秋赤狄侵我及清冬討縠殺之盡滅其族五年公伐鄭荀林父曰示之以整使謀而來乃蒐而還六年楚子圍宋宋來告急公將救之伯宗曰天方授楚未可與爭乃使解揚紿宋曰無降楚楚人得之賂之使反其言許之登諸樓車遂致君命楚將殺之揚不屈乃舍之六月荀林父帥師滅赤狄潞氏

七月秦桓公來伐公治兵于稷以略狄土還及雒魏顆敗秦師于輔氏獲杜回公歸賞林父以狄臣千室亦賞士渥濁以瓜衍之縣以其諫殺林父也七年春士會帥師滅赤狄甲氏及留吁鐸辰公請于王以黻冕命士會將中軍且為太傅於是晉國之盜逃歸于秦冬使士會聘于王王享之殽烝會私問焉王聞之曰季氏而弗聞乎王享有體薦燕有折俎公當享卿當燕王室之禮也會歸而講求典禮以修晉國之法八年郤克聘于齊齊

頃公帷婦人觀而笑之郤克怒歸請伐齊公弗許六月公會諸侯盟于斷道齊侯使高固晏弱蔡朝南郭偃會高固逃歸遂執三子師還士會將老謂其子燮曰吾聞之喜怒以類者鮮易者實多今郤子有憾於齊吾懼其易之也乃請老郤克為政九年公伐齊齊以公子彊為質而還魯人將以楚師伐齊楚莊王卒楚師不出十一年齊敗衛師魯衛使來請救皆主郤克公命克以八百乘赴之六月癸酉及齊侯戰于鞌郤克傷于矢流血及

僂告其御解張曰余病矣張為之并轡而鼓馬逆不能止師從之逐齊師三周華不注齊師敗績韓厥從齊侯將止之其右逢丑父與君易位以免齊侯使國佐如師賂以紀甗玉磬反魯衛之侵地乃盟而還楚人大興師侵衛及魯楚公子嬰齊及諸侯之大夫盟于蜀我畏其衆不敢爭楚師之出也使申公巫臣聘于齊巫臣以夏姬來奔以為邢大夫十二年公會諸侯伐鄭十二月作六軍韓厥趙括鞏朔韓穿荀騅趙旃皆為卿十三年鄭

伯伐許欒書將中軍伐鄭以救許趙朔娶于公朔死趙
嬰通于姬氏十四年趙同趙括逐嬰嬰奔齊十二月公
會諸侯于蟲牢鄭人來服宋人不會十五年三月侵宋
四月遷于絳冬楚人侵鄭欒書帥師救鄭遇於繞角楚
師還遂師遂侵蔡楚人以新息之師救蔡諸將皆欲戰荀
首士燮韓厥不欲曰吾來救鄭而遂伐蔡既遷戮矣若
又怒楚戰必不克欒書從之乃還十六年秋楚師伐鄭
公會諸侯救鄭八月盟于馬陵鄭人囚楚鄖公鍾儀以

獻巫臣請使於吳許之於是吳晉始通十七年春使魯
歸齊汶陽之田欒書帥師侵蔡遂侵楚獲申驪趙莊姬
以趙嬰之亡也怨同括言於公曰同括將為亂欒郤徵
之六月殺趙同趙括武從姬氏畜于公宮以其田與祁
奚韓厥言於公而復之以歸汶陽之田諸侯二於我十
八年正月公會諸侯盟于蒲二月鄭伯受盟于楚七月
鄭伯來朝執之欒書伐鄭歸鍾儀於楚以求成十二月
楚公子辰來聘十九年使糴茷如楚四月鄭人立君乃

歸鄭伯公有疾五月立太子州蒲為君以會諸侯伐鄭
是為厲公六月景公卒厲公元年郤至與周爭鄇田王
使劉康公單襄公訟之公命郤至歸田於周冬公會秦
伯于令狐秦伯不肯涉河使史顆盟公于河東公使郤
犨盟秦伯于河西二年宋華元合晉楚之成五月士燮
盟楚公子罷于宋郤至聘于楚楚子享之公子側相言
及於戰知成之不能固也冬楚公子罷來盟秦桓公既
盟於河上歸而背之召狄與楚以伐我三年夏公朝于

京師遂會諸侯伐秦戰于麻隧秦師敗績曹宣公卒于
師曹公子負芻殺其世子而自立五年三月公會諸侯
于戚執曹伯歸于京師六月楚子伐鄭取離石欒書欲
報楚韓厥曰使重其罪民將叛之無民孰戰三郤害伯
宗譖而殺之及欒弗忌伯州犂奔楚十一月始會吳于
鍾離六年楚子以汝陰之田求成于鄭鄭人叛我公方
無道而三郤驕侈欲伐楚士燮畏其成功也言於公欲
釋楚以為外懼欒書不可遂興師六月晉楚遇於鄢陵

甲午晦楚晨壓晉軍而陳欒書請固壘以待之郤至曰
楚二卿相惡王卒以舊鄭陳而不整蠻軍而不陳陳不
違晦在陳而囂合而加囂我必克之遂戰呂錡射楚共
王中目楚師鄭師皆敗楚師宵遁楚殺其將側鄢之戰
魯人以僑如之難不及執其大夫季孫行父七年春鄭
公子騑侵我夏公及諸侯伐鄭盟于柯陵士燮知國將
有亂使其祝宗祈死因自殺冬公復會諸侯伐鄭歸欲
盡去諸大夫而立其外嬖胥童夷陽五長魚矯與三郤

有怨欒書惡郤至不從已而敗楚師也亦欲廢之乃使楚因告公曰此役也郤至實召寡君將奉孫周以事楚公告欒書書曰君盍嘗使諸周而察之郤至聘于周欒書使孫周見之公覘之信遂怨郤至公田郤至奉豕寺人孟張奪之至射而殺之公曰季子欺余將作難胥童曰必先三郤族大而多怨公曰然郤氏聞之郤錡欲攻公郤至曰信不叛君知不害民勇不作亂吾待命而已十二月殺郤錡郤犨郤至皆尸諸朝胥童以甲劫欒書

中行偃長魚矯曰不殺二子憂必及君公曰一朝而尸三卿余不忍益也對曰人將忍君遂出奔狄公使辭於二子皆再拜稽首公使胥童為卿公遊于匠麗氏欒書中行偃執公而殺胥童八年正月書偃使程滑弑公葬于翼東門之外以車一乘使荀罃士魴逆孫周于京師而立之是為悼公悼公者襄公之曾孫也其大父曰桓叔捷其父曰惠叔談悼公之立年十四矣大夫逆于清原公曰孤始願不及此雖然此天命也抑人之求君使

出命耳立而不從將安用君二三子用我今日否亦今日共而從君神所福也於是逐不臣者七人修舊功施德惠選用賢俊國人皆喜魯侯來朝待之以禮魯侯歸以告杞伯杞伯亦來且請為昏楚人納魚石于彭城宋人伐之冬楚公子嬰齊救彭城宋使華元來告韓厥為政曰欲求得人必先勤之成伯安强自宋始矣公師于台谷以救宋遇楚師于靡角之谷楚師還十二月遂會諸侯于虛朾元年春欒黶以諸侯之師圍彭城降之夏

韓厥帥諸侯之師伐鄭二年七月荀罃會諸侯之大夫于戚以謀鄭魯仲孫蔑請城虎牢以偪鄭荀罃善之齊人不會罃以為言冬復會于戚齊與滕薛小邾皆至遂城虎牢鄭人乃成三年祁奚請老公問誰可繼者稱解狐其讎也將立之而卒又問之稱其子午於是羊舌職死奚復稱職之子赤公從之以祁午為中軍尉羊舌赤佐之以鄭服故六月公會諸侯于雞澤陳人患楚使袁僑如會公使諸侯之大夫盟之公弟楊干亂行於曲梁

司馬魏絳戮其僕公怒將殺絳絳辭請死公謝而止之以佐新軍四年無終子嘉因魏絳納虎豹之皮請和諸戎公將拒之絳曰諸侯新服陳新來和將觀於我我德則睦否則攜貳勞師於戎而楚伐陳必弗能救是棄陳也諸華必叛戎禽獸也得戎失華無乃不可乎公説使魏絳和諸戎五年秋公及諸侯會吳于戚冬楚師伐陳公會諸侯救陳七年冬楚師圍陳十二月公會諸侯救陳陳人畏楚陳侯逃歸八年夏鄭人以我故侵蔡獲蔡

公子𩐤五月公會諸侯之大夫于邢邱改命朝聘之數以寛諸侯冬楚師伐鄭鄭及楚平九年秋秦人侵我楚子出師於武城以為秦援饑不能應冬公會諸侯圍鄭荀偃曰遂圍之以待楚人之救而與之戰不然無成荀罃曰與之盟而還師以敝楚吾三分四軍與諸侯之鋭以逆來者於我未病楚不能矣諸侯皆不欲戰乃許鄭成將盟鄭言不順荀罃曰姑盟而退修德息師而來終必服鄭既盟復以諸侯伐之而還公歸謀所以息民者

魏絳請施舍節用從之期年國乃有節十年春公及諸
侯會吳于柤荀偃士匄請伐偪陽以封宋向戌遂滅之
向戌辭不敢受乃以畀宋公六月荀罃伐秦秋公會諸侯
伐鄭戍鄭虎牢鄭人來平楚公子貞救鄭荀罃欲還欒
黶欲戰師遂進十一月與楚人夾潁而軍鄭人竊與楚
平欒黶欲伐鄭荀罃曰我若伐鄭楚必救之戰而不克
為諸侯笑不如致怨而還遂侵鄭而歸楚師亦歸十一
年夏公及諸侯伐鄭七月及鄭人盟于亳楚子秦師侵鄭

鄭復從之九月諸侯悉師以復伐鄭鄭人告絶于楚十二月會于蕭魚鄭人以兵車鐘磬女樂為賂公以樂之半賜魏絳曰子教我和諸戎狄以正諸華八年之中九合諸侯如樂之和無所不諧請與子樂之魏絳辭讓而受秦師伐我士魴禦之于櫟少秦師而弗設備我師敗績十三年荀罃士魴卒公蒐于緜上將使士匄將中軍匄以讓荀偃於是韓起讓趙武欒黶讓韓起國人相勸以睦十四年春士匄及諸侯之大夫會吳于向為吳謀楚

句以吳之伐楚喪也辭之夏公以諸侯之師伐秦六卿以師進公待于竟師至于棫林秦人不服荀偃令曰雞鳴而駕塞井夷竈唯余馬首是瞻欒黶疾其專也曰余馬首欲東乃歸荀偃曰吾令實過悔之何及多遺秦禽乃命大還欒黶之弟鍼謂士匄之子鞅曰此役也將以報櫟之敗也役又無功晉之恥也與鞅馳秦師死之欒黶怒逐鞅鞅奔秦衛人出其君衎冬士匄會諸侯之大夫于戚以定衛假羽毛於齊而不歸諸侯始貳十五年邾人

莒人侵魯公將為會而討之有疾不克十一月悼公卒
子平公彪立逾月而葬元年正月改服修官烝于曲沃
三月會諸侯于湨梁執莒子邾子公與諸侯燕于溫令
諸大夫歌詩必類齊高厚之詩不類荀偃怒曰齊有異
志矣將盟高厚高厚逃歸五月荀偃以諸侯之師伐許
及楚師戰于湛阪楚師敗績齊數伐魯魯使叔孫豹來
告三年十月公會諸侯伐齊齊侯禦于平陰不勝而走
遂圍齊侵及濰沂楚人間齊之隙以侵鄭不克四年正

月盟諸侯于祝柯執邾子而歸七月齊侯卒士匄帥師
侵齊聞喪而還五年六月公及諸侯盟于澶淵及齊平
欒黶娶於范氏黶死其妻與州賓通其子盈患之欒祁
懼愬于士匄曰盈將為亂盈好施多士士匄畏之六年
使城著而逐之盈出奔楚匄盡殺其黨冬公會諸侯于
商任以錮欒氏七年盈自楚適齊冬公會諸侯于沙隨
復錮欒氏八年我將嫁女于吳齊侯使析歸父來媵以
藩載欒盈及其士納諸曲沃四月欒盈帥曲沃之甲以

晝入絳魏氏將助之士匄奉公以如固宮使其子鞅刼魏舒載以之公欒盈戰不勝奔曲沃國人圍之秋齊侯因欒氏之難以伐我入孟門登太行以報平陰之役趙勝追之獲晏氂冬殺欒盈九年秋公會諸侯于夷儀將伐齊水不克冬楚子伐鄭諸侯救鄭而還秦晉為成韓起如秦涖盟公嬖程鄭使佐下軍十年夏公會諸侯于夷儀將討齊齊人弑莊公以説八月盟于重丘而還納衛侯衎于夷儀趙武為政薄諸侯之幣而重其禮十一年

春秦伯使其弟鍼來修成衛侯衎復歸于衛孫林父以
戚來奔以兵戍茅氏衛殖綽伐茅氏殺戍者六月趙武
會諸侯之大夫于澶淵以討衛執衛侯及其大夫甯喜
齊侯鄭伯來朝皆為衛請十二月衛人歸衛姬乃釋衛
侯初齊烏餘以廩丘來奔襲衛羊角魯髙魚取之士匄
卒莫能治也趙武言於公請歸之十二年春執烏餘而
反其侵地諸侯皆服宋向戌善於趙武又善於楚令尹
屈建來告我求弭諸侯之兵武謀於諸大夫韓起曰兵

民之殘也財用之蠹小國之大菑也將或弭之雖曰不可必將許之弗許楚將許之以名諸侯則我失為盟主矣遂許之宋人以告楚齊秦皆許之遂告小國為會於宋七月趙武及諸侯大夫畢至使晉楚之從得交相見辛巳將盟於宋西門之外楚人衷甲趙武患之以告羊舌肸肸曰匹夫一為不信猶不可單斃其死若合諸侯之卿以為不信必不捷矣且以弭兵名諸侯而稱兵以害我吾庸多矣非所患也及盟晉楚爭先肸又謂趙武

曰諸侯歸晉之德非歸其尸盟也子務德無爭先乃先楚人及孔子作春秋書先晉從其素也十三年夏齊侯陳侯北燕伯杞伯胡子沈子白狄皆來朝十四年六月荀盈合諸侯之大夫以城杞平公杞出也以故治杞諸侯不説吴季札來聘説趙文子韓宣子魏獻子曰晉國其萃於三族乎十五年宋災趙武會諸侯之大夫于澶淵以謀賙宋不克十七年趙武會諸侯之大夫于虢楚令尹圍請以宋之書加于牲上讀書而不歃血許之夏

荀吳伐群狄于太原魏舒曰彼徒我車所遇又阨請毀
車為行從之大敗狄人十二月趙武死韓起為政十二
年韓須如齊逆女至而有寵謂之少齊少齊死魯侯來
弔公辭焉諸侯之大夫來送葬十九年齊侯使晏嬰來
請繼室許之羊舌肸見晏子而問齊故嬰曰齊其為陳
氏矣肸曰然吾公室亦季世也戎馬不駕卿無軍行公
乘無人卒列無長庶民敝罷而宫室滋侈道殣相望而
女富溢尤民聞公命如逃寇讎欒郤胥原狐續慶伯降

在皂隸政在家門民無所依君曰不悛以樂慆憂公室之卑其何日之有二十年楚靈王將合諸侯使椒舉來請公欲勿許司馬侯曰楚王方侈天或者欲逞其心以厚其毒而降之罰未可知也其使能終亦未可知也晉楚惟天所相不可與爭乃許之椒舉遂請昏而還二十一年楚使令尹子蕩來逆女韓起送女羊舌肸為介公送之于邢丘至楚楚人弗逆楚子朝而訪其大夫將以起為閽以肸為司宮大夫莫對薳啟彊諫乃止二十二年

楚公子棄疾來聘公欲勿逆以報羊舌肹諫乃逆之二十三年衛襄公卒使范鞅弔且反戚田二十四年石言于魏榆成虒祁之宫諸侯皆賀十月楚師滅陳不救二十五年閻嘉與周甘人爭閻田梁丙張趯率陰戎伐潁王使詹伯來讓公使趙成如周致閻田旦反潁俘荀盈死公將廢知氏而立其外嬖盈未葬公飲酒樂膳宰屠蒯趨入請佐尊者許之遂酌以飲工曰女為君耳將司聰也辰在子卯謂之疾日君徹宴樂學人舍業為疾故

也君之卿佐是謂股肱股肱或虧何痛如之女弗聞而
樂是弗聰也又飲外嬖嬖叔曰女為君目將司明也服
以旌禮禮以行事事有其物物有其容今君之容非其
物也而女不見是不明也亦自飲也曰味以行氣氣以
實志志以定言言以出令二御失官而君弗命臣之罪
也公說徹酒使荀躒佐下軍以說二十六年七月平公
卒子昭公夷立楚子誘蔡侯般殺之秋韓起會諸侯之
大夫于厥慭謀救蔡使狐父請蔡于楚弗許楚遂滅蔡

二年春齊侯魯侯衛侯鄭伯來朝公以魯之侵莒也不見魯侯公及齊侯宴中行吳相投壺吳曰寡君中此為諸侯師中之齊侯曰寡人中此與君代興亦中之大夫曰齊君弱吾君歸不來矣不樂而罷八月荀吳假道於鮮虞以滅肥冬伐鮮虞初諸侯朝于虒祁而歸皆有貳心三年將為莒討魯羊舌肹曰諸侯不可不示威乃並徵會秋公會諸侯于平丘將尋盟齊人不可公使肹詰之乃從肹曰諸侯有間矣不可以不示衆八月辛未治

兵建而不旆壬申復旆之諸侯畏之甲戌盟于平邱辭

魯侯而執其大夫季孫意如以歸五年秋荀吴伐鮮虞

圍鼓鼓人或請以城降弗許左右曰弗勞而獲城何故

不為吴曰吾聞之叔向好惡不愆民知所適事無不濟

或以吾城叛吾所甚惡也人以城來吾獨何好焉賞所

甚惡若所好何使鼓人殺叛人而繕守備三月鼓人請

降使其民見曰猶有食色姑脩而城軍吏曰獲城而弗

取勤民而頓兵何以事君吴曰吾以事君也獲一邑而

教民怠將焉用邑鼓人告食竭力盡而後取之克鼓而
反不戮一人六年八月昭公卒子頃公去疾立元年秋
荀吳帥師滅陸渾之戎五年宋華氏向氏為亂荀吳及
諸侯之大夫救宋六年周景王崩王子朝作亂冬籍談
荀躒帥師納王于王城七年春魯人敗邾師于離姑邾
人來愬為邾執魯行人叔孫婼八年三月公使士景伯
涖問周衆衆不與子朝乃辭其使六月鄭伯來朝謀王
室之難乃徵會於諸侯九年春趙鞅會諸侯之大夫于

黄父令輸王粟具戍人曰明年將納王秋魯侯山奔齊

十年秋知躒趙鞅師師納王十一年秋士鞅會諸侯之

大夫于扈令戍周且謀魯故宋衛皆利納魯侯士鞅取

貨於季孫不果納冬籍秦致戍于周十二年魯侯自齊

來寓于乾侯祁盈之臣祁勝與鄔臧通室盈執之祁勝

賂荀躒躒為之言於公殺祁盈及揚食我而滅其族十

四年頃公卒子定公午立元年公將以師納魯侯范鞅

陰右季孫不克二年魏舒韓不信合諸侯之大夫于狄

泉令城成周三年春城成周宋仲幾不受功執之于京師晉自平公失政政在趙武趙武躬率忠信糾合諸侯以寧諸夏晉國賴之自武死君臣泰侈不在諸侯三十餘年一會於厥慭將救蔡而不克一會於平丘以兵脅齊魯而盟之惟黄父狄泉之會能紓王室之患然六卿侈富剪滅舊族而益樹黨晉内失其民而外失諸侯三晉之兆成矣五年鮮虞敗我師于平中初蔡侯如楚楚人止之三年怨其令尹囊瓦歸而來朝以其子元與大

夫之子為質而請伐楚六年春公會諸侯于召陵將為蔡伐楚荀寅求貨於蔡侯弗得而止諸侯不悅復假羽旄於鄭鄭人與之明日或旆以會諸侯益惡之秋士鞅及衛孔圉伐鮮虞八年宋使樂祁來聘趙鞅逆而飲之酒獻楊楯六十范鞅疾之譖而執之九年秋齊衛鄭同盟以叛我十年趙鞅言樂祁而歸之祁卒止其尸以求成於宋夏齊伐魯士鞅荀寅救之還盟衛侯于鄟澤使涉佗成何辱之衛侯怒請改盟衛弗許十一年齊侯伐

夷儀我師敗之十二年夏趙鞅帥師圍衛執涉佗以求成衛人不許殺涉佗成何奔燕冬齊侯魯侯盟于黄魯人始叛十五年春齊侯衛侯伐河内趙鞅殺邯鄲午趙稷涉賓以邯鄲叛荀寅范吉射午之姻也七月范氏中行氏伐趙氏鞅奔晉陽荀躒韓不信魏曼多惡二子將逐之言於公曰君命大臣始禍者死今三臣始禍而獨逐鞅刑已不鈞矣請皆逐之十一月三子奉公以伐范中行氏二子敗奔朝歌韓魏以趙氏為請十二月趙鞅

入于絳盟于公宮十六年圍朝歌齊侯宋公魯侯衛侯會于洮謀救范中行氏既而范中行自朝歌奔邯鄲自邯鄲奔鮮虞自鮮虞奔柏人趙鞅輒伐之齊宋魯衛更救之十九年夏趙鞅帥師納衛世子蒯聵于戚二十二年圍柏人荀寅士吉射奔齊（荀林父之弟荀首林父為中行氏首為智氏林父之後既絶而首之後益侈）自是趙鞅魏曼多連歲伐齊衛三十年夏公會魯侯吳子于黄池吳人爭長時越入吳吳不能待乃先晉（史記吳世家黄池之會先晉晉趙世家黄池之會先吳外傳亦曰先吳今以左傳為信）三

十三年衛世子蒯聵自戚入衛三十四年趙鞅以衛君之不朝也帥師圍之齊國觀陳瓘救衛乃還十月復伐衛出其君立般師而還三十七年定公卒子出公鑿立三年六月荀瑶帥師伐齊大敗齊師獲顔庚四年公及魯臧石伐齊取廪丘七年荀瑶伐鄭齊田恒救鄭瑶畏之而還使謂恒曰大夫陳子陳之自出陳之不祀鄭之罪也奈何救之恒怒曰多陵人者皆不在智伯其能久乎十七年智氏與韓魏趙分范中行地以為已邑公怒

告齊魯欲伐四子四子懼反攻公公奔齊道死知瑤立昭公曾孫驕是為哀公哀公大父雍昭公少子也號為戴子戴子生忌忌善於瑤早死瑤欲并晉而未敢故立其子晉國之政皆決於知氏瑤惡趙無恤四年與韓魏攻趙氏於晉陽晉陽將下韓魏畏瑤之無厭也反與趙氏攻瑤殺之而并其地初知甲欲以瑤為後知果曰不如宵也甲曰宵也很果曰宵之很在面瑤之很在心若立瑤知宗必滅弗聽果別族為輔氏及知氏滅而晉益

衰十八年哀公卒子幽公柳立獨有絳曲沃餘皆入韓趙魏十八年公淫於國中夜竊出盜殺之魏文侯以兵誅晉亂立幽公子止是為烈公烈公十九年周天子命韓魏趙皆為諸侯二十七年烈公卒子孝公傾立十七年孝公之子靜公俱酒立二年魏武侯韓哀侯趙敬侯滅晉三分其地靜公遷為家人晉絶不祀

蘇子曰晉文公辟麗姬之難處狄十有二年奚齊卓子相繼戮死秦晉之人歸心焉文公深信舅犯靖而待之

若將終焉者至於惠公起而赴之如恐不及於是秦人責報於外而里丕要功於内不能相忍繼以敗滅内外絶望屬於文公然後文公徐起而收之無尺土之賂一金之費而晉人戴之遂覇諸侯彼其處利害之計誠審哉夏商之衰湯文王皆起於諸侯積德深厚天下歸之不得已而後應故雖取天下而無取天下之患其後皆數十世若晉文公德雖未足而待其自至則庶幾王者之事也是以主盟中夏幾二百年其功業與齊桓等而

子孫過之遠甚夫豈非其積之有厚薄故耶晉悼公之復伯也與楚爭鄭三合諸侯之師未嘗一與楚戰卒以敝楚而服鄭蓋古之善用兵者皆以不戰屈人之兵非不得已不戰方鄭之未服也中行偃欒黶皆欲以戰勝楚惟智罃知用兵之難勝負之不可必遷延稽故而楚人自敝不較而去不然二子將為先縠而罃將為林父如罃可謂知兵矣

古史卷十六

古史卷十七

宋　蘇轍　撰

楚世家第十

楚之先出自帝顓頊高陽高陽生稱稱生卷章卷章生黎少昊之衰也九黎亂德民神雜糅不可方物顓頊受之命少昊氏之子曰重為南正司天以屬神命黎為火正司地以屬民黎以火正事帝嚳高辛能光融天下帝命之曰祝融使為重黎共工氏作亂帝使重黎誅之而

不盡帝乃以庚寅日誅重黎而以其弟吴回為重黎重出於少昊黎出於高陽當高陽之世重黎實二人也至帝嚳之世火正兼稱重黎蓋以黎兼重歟是以重黎既誅而獨以吴回為重黎然則楚之先實黎而非重也吴回生陸終陸終生子六人坼剖而產長曰樊為昆吾次曰惠連為參胡三曰籛為彭祖四曰求言為會人五曰安為曹姓六曰季連為芊姓楚其後也昆吾氏為夏伯湯滅之彭祖氏為殷伯殷衰而彭祖氏滅季連生附沮附沮生穴熊其後中微或在中國或在蠻夷弗能紀其世其裔孫曰鬻熊事周文

王早卒其子曰熊麗熊麗生熊狂熊狂生熊繹周成王
舉文武勤勞之後以子男之田封熊繹於荆蠻居丹陽
成王會諸侯於岐陽荆蠻不得與盟置茆蕝設望表與
鮮卑守燎熊繹生熊艾熊艾生熊黮熊黮生熊勝熊勝
以弟熊楊為後熊楊生熊渠熊渠生子三人當周夷王
時王室微諸侯或不朝相侵伐熊渠甚得江漢間民和
乃興兵伐庸楊粤至于鄂熊渠曰我蠻夷也不與中國
之號謚乃立其長子康為句亶王中子紅為鄂王少子

執疵為越章王皆在江上及周厲王暴虐熊渠畏之去王號熊渠卒長子康蚤死子熊摯紅立摯紅卒其弟熊延弑而代立熊延生熊勇熊勇六年周厲王奔彘熊勇十年卒弟熊嚴為後熊嚴有子四人長子伯霜中子仲雪次子叔堪少子季徇熊嚴十年卒伯霜立是為熊霜熊霜元年周宣王初立熊霜六年卒三弟爭立仲雪死叔堪逃於濮而季徇立是為熊徇熊徇聰明和協蓋其先君遂氏將起叔堪而立之不克十六年鄭桓公始封

二十二年熊徇卒子熊咢立熊咢九年卒子熊儀立是為若敖若敖二十二年周幽王為犬戎所殺周東徙二十七年若敖卒子熊坎立是為霄敖霄敖六年卒子熊眴是為蚡冒若敖蚡冒篳路藍縷以啓山林於是始為成國十七年蚡冒卒其弟熊通殺其世子而自立是為武王熊通之十九年而魯隱公之元年也熊通始大稍侵陵中國諸侯畏之三十一年蔡侯鄭伯會于鄧以謀我三十五年侵隨使薳章求成隨侯使少師來鬬伯比

曰漢東之國隨為大隨張必棄小國少師侈請羸師以張之熊率且比曰季梁在何益鬬伯比曰少師得其君終必從之乃毁軍而納少師少師歸請追我師季梁止之曰天方授楚楚之羸其誘我也君盍脩政而親兄弟之國以待之乎隨侯從之師還三十七年夏會諸侯于沈鹿黄隨不會使薳章讓黄而身自伐隨戰于速杞隨師敗績獲其戎車與其戎右少師隨人請成不許鬬伯比曰天去其疾矣未可克也乃及隨盟熊通歸而自立

為王始開濮地而有之三十八年使鬬廉伐鄧敗之四十年屈瑕鬬廉敗鄖師於蒲騷四十一年屈瑕伐絞敗之四十二年屈瑕伐羅易之不設備大敗縊而死五十一年始以戟為軍王帥之以伐隨卒于師鬬祁屈重祕不發喪以兵臨隨及隨侯盟而還子文王熊貲立文王始都郢二年伐申過鄧鄧祁侯止而享之鄧騅甥聃甥養甥請殺王鄧侯弗許三甥曰亡鄧國者必此人也夫六年伐蔡虜蔡哀侯以歸初蔡侯息侯皆取於陳息嬀

過蔡蔡侯不為禮息侯怒故啓我伐蔡蔡侯怨之譽息媯於王王如息以食入享遂滅息以息媯歸生堵敖及成王不言王問之曰吾一婦人而事二夫縱不能死其又奚言十年王為之伐蔡以說十二年伐鄧滅之秋伐鄭十四年冬巴人伐我十五年春王禦之大敗於津還鬻拳弗納遂伐黄敗黄師于踖陵還及湫有疾六月文王卒鬻拳葬諸夕室亦自殺而葬於經皇文王方事中國而齊桓公始伯諸侯附焉故不能成大功子熊囏立是

為堵敖堵敖三年欲殺弟熊惲惲奔隨與隨人襲弒堵敖而自立是為成王史記文王十三年卒子熊囏立能囏五年為弟熊惲所殺按左傳魯莊公四年楚武王卒則文王元年在魯莊公五年至魯莊公十九年文王卒則文王在位十五年而熊囏在位三年史記失之矣熊囏熊惲皆息嬀之子至是皆十餘年耳弒立之事必有大臣專之者而左傳史記皆不言其後十餘年無征伐會盟明成王幼未能治國矣元年始修聘諸侯春秋書荊人來聘貢獻於王王錫之命曰鎮尒南方夷越之亂無侵中國於是楚地千里成王幼委政大臣令尹子元欲蠱文夫人為館於其宮側而振萬焉夫人聞之泣曰先君以是

舞也習戎備令令尹不尋諸仇讎而於未亡人之側不亦異乎子元恥之六年秋子元以車六百乘伐鄭諸侯救鄭我師夜遁子元歸遂處於王宮鬭射師諫執而梏之八年秋申公鬭班殺子元鬭穀於莬為令尹自毀其家以紓楚國之難始周成王封熊繹於荆雜居蠻夷之間故孔子作春秋謂之荆而不人及鬭穀於莬為政始以禮治國改號曰楚十三年伐鄭春秋書曰楚人伐鄭然猶未得與諸侯齒也十四年伐鄭囚鄭聃伯十五年

秋諸侯會于陽穀以謀我冬復伐鄭十六年齊桓公以諸侯來伐責王貢之不入齊師次于陘使屈完如師齊桓爲之退舍召陵陳諸侯之師與屈完乘而觀之桓公曰豈不穀是爲先君之好是繼與不穀同好如何對曰君若辱收寡君寡君之願也桓公曰以此衆戰誰能禦之以此攻城何城不克對曰君若以德綏諸侯誰敢不服君若以力楚國方城以爲城漢水以爲池雖衆無所用之乃盟而還十七年滅弦十八年秋圍許諸侯救許

師還冬蔡侯以許男見於武城許男面縛銜璧王禮而
釋之二十二年伐黄二十四年滅黄二十七年春伐徐
齊人以諸侯救徐冬敗徐于婁林二十九年齊桓公卒
三十年鄭伯來朝王賜之金既而悔之與之盟曰毋以
鑄兵三十二年伐隨三十三年宋襄公將合諸侯使來
告我許之秋會于盂執宋公以伐宋冬諸侯盟于薄釋
宋公春秋書之始曰楚子而先陳蔡三十四年鄭伯來
朝宋公伐之王伐宋以救鄭大敗宋師于泓還過鄭鄭

伯享之取鄭二姬以歸君子以此知成王之不能終也三十五年秋成得臣伐陳取焦夷城頓闘穀於菟以令尹授之薳吕臣曰子若國何對曰吾以靖國也有大功而無貴仕其人能靖者有幾時晉公子重耳自齊來王厚遇之送之於秦三十六年宋成公來朝三十七年秦人克商密闘克屈禦寇戍焉秦人因之以歸成得臣追秦師不及遂圍陳納頓子于頓三十八年夏魯人來乞師以伐齊秋滅夔宋人叛我即晉冬成得臣伐宋圍緡

師及魯人伐齊取穀使申公叔侯戍之三十九年將復
伐宋使鬭穀於菟治兵於睽終朝而畢不戮一人成得
臣復治兵於蔿終日而畢鞭七人貫三人耳國老賀子
文子文飲之酒蔿賈後至不賀問之對曰子之傳政於
子玉曰以靖國也靖諸内而敗諸外所獲幾何子玉剛
而無禮不可以治民過三百乘其不能以入矣冬王以
諸侯圍宋四十年晉侯伐曹衛以救宋王入居于申使
申叔去穀使得臣去宋得臣不可使鬭椒請戰曰非敢

必有功也願以間執讒慝之口王怒少與之師遂與晉
師遇晉侯避之三舍楚衆欲止得臣不可戰于城濮我
師敗績王使謂得臣曰大夫若入其若申息之老何得
臣自殺蔿吕臣爲令尹晉侯聞之喜曰莫余毒也已四
十四年使鬬章聘于晉晉使陽處父來報於是晉楚復
通四十五年令尹子上侵陳蔡成遂伐鄭晉陽處父侵
蔡子上救之晉楚夾泜而軍約退舍以紓晉晉將涉水
而陳既退處父宣言曰楚師遁矣皆歸太子商臣譖之

曰納賂以避晉楚之恥也王殺子上初王將以商臣為太子子上曰君之齒未也而又多愛黜乃亂也楚國之舉常在少者且是人也蠭目而豺聲忍人也不可立也弗聽既又欲立王子職商臣知之四十六年十月以宫甲圍王王請食熊膰而死弗聽縊而卒謚之曰靈不瞑曰成乃瞑商臣立是為穆王穆王二年秋圍江三年秋滅江四年夏滅六秋滅蓼六年晉靈公初立范山言於王曰晉君少不在諸侯北方可圖也八年春師于狼淵

以伐鄭鄭人請成夏侵陳克壺丘秋復侵陳陳人獲我公子茷懼而請成冬使越椒聘于魯春秋書曰楚子使椒來聘始與諸侯比九年鬬冝申及仲歸謀弑王王殺之秋王會陳侯鄭伯蔡侯伐宋宋人道之以田孟諸宋公為右盂鄭伯為左盂十二年穆王卒子莊王旅立元年成嘉潘崇將襲羣舒使公子燮及鬬克守二子作亂城郢而使賊殺嘉不克八月二子以王出將如商密廬戢黎及叔麇誘而殺之莊王即位三年不出號令日夜

爲樂令國中有敢諫者死伍舉入諫王左抱鄭姬右抱越女坐鐘鼓之間伍舉曰願有進隱有鳥在於阜三年不蜚不鳴是何鳥也王曰三年不蜚蜚將沖天三年不鳴鳴將驚人舉退矣吾知之矣居數月淫益甚大夫蘇從入諫王曰若不聞令乎對曰殺身以明君臣之願也於是罷淫樂聽政所誅者數百人所進者數百人任伍舉蘇從以政國人大說是歲大饑戎伐我西南至于阜山又伐我東南至于陽丘庸人帥羣蠻以叛我麇人帥

百濮聚於選將伐我於是申息之北門不啓謀徙於阪
高以避寇蒍賈曰我能往寇亦能往不如伐庸彼謂我
饑不能師故伐我若我出師必懼而歸從之師興而百
濮罷使廬戢黎侵庸庸人因子楊窓三宿而逸曰庸師
衆羣蠻聚焉不如益大兵以伐之師叔曰不可姑又與
之遇以驕之彼驕我怒而後可克也從之七遇皆北王
乃乘馹會師于臨品秦人巴人皆至羣蠻懼請盟遂伐
庸滅之六年鄭叛晉從我陳叛我從晉秋王侵陳遂侵

宋七年晉趙盾以諸侯之師侵鄭鬭椒救之次于鄭以
待晉趙盾曰彼宗競于楚殆將斃矣姑益其疾乃去八
年春伐陸渾之戎觀兵于周郊天子使王孫滿勞王王
問鼎之大小輕重滿曰在德不在鼎成王定鼎于郟鄏
卜世三十卜年七百天所命也周德雖衰天命未改鼎
之輕重未可問也九年司馬鬭椒工正薳賈譖令尹鬭
般殺之椒為令尹賈為司馬椒又殺賈將遂攻王王以
三王之子為質弗受戰于臯滸椒再射王中車師懼退

王使巡師曰先君文王克息獲三矢焉伯棼竊其二盡於是矣鼓而進之遂滅若敖氏鬬椒者令尹子文之弟子良之子也生而子文惡之欲殺之子良不可故及於亂子文之孫箴尹克黄使於齊還而聞亂其人欲亡克黄曰君命不可棄也歸而自拘於司敗王思子文之治楚國曰是不可以無後使復其所師連歲伐陳鄭滅舒蓼十五年陳夏徵舒弑其君平國孔寧儀行父來奔十六年伐陳殺夏徵舒因縣陳羣臣皆賀申叔時使齊來

獨不賀王問之曰牽牛以蹊人田田主奪之牛蹊者信有罪矣而奪之牛罰已重矣諸侯之從也曰討有罪也今縣陳貪其富也以討召諸侯而以貪終之無乃不可乎王曰善哉吾未之聞也乃復封陳鄉取一人以歸謂之夏州而納公孫寧儀行父于陳十七年春王圍鄭三月克之鄭伯肉袒牽羊以逆曰孤不天不能事君使君懷怒以及弊邑孤之罪也敢不唯命是聽其俘諸江南以實海濱亦唯命其翦以賜諸侯使臣妾之亦唯命若

惠顧前好徼福於厲宣桓武使攺事君夷於九縣君之
惠也孤之願也左右曰不可許也得國無赦王曰其君
能下人必能信用其民矣庸可幾乎退三十里而許之
平潘尫入盟子良出質六月晉師救鄭及河聞鄭既及
楚平荀林父欲還其佐先縠不可以中軍佐濟晉師從
之王欲還嬖人伍參勸戰從之戰於邲大敗晉師次于
衡雍潘黨請築武軍而收晉尸以為京觀王曰非爾所
知也夫文止戈為武禁暴戢兵保大定功安民和衆豐

財所以為武也武有七德我無一焉何以示子孫其為
先君宮告成事而已武非吾功也古者明王伐不敬取
其鯨鯢而封之以為大戮於是乎有京觀以懲淫慝今
罪無所而民皆盡忠以死君命又可以為京乎祀于河
作先君宮告成事而還冬伐蕭宋人蔡人救蕭蕭人囚
熊相宜僚及公子丙王曰勿殺吾退蕭人殺之王怒圍
蕭蕭潰申公巫臣曰師人多寒王巡三軍拊而勉之三
軍之士皆如挾纊十九年王使申舟聘於齊曰無假道

于宋使公子馮聘于晉曰無假道於鄭孟諸之役舟為司馬宋公違命舟撻其僕以是惡宋舟辭曰鄭昭宋聾晉使不害我則必死王曰殺女我伐之見犀而行及宋宋人執之王聞之投袂而起屨及於窒皇劍及於寢門之外車及於蒲胥之市九月圍宋晉救不至而宋人不服二十年師將歸申犀稽首於馬前曰毋畏知死而不敢廢王命王棄言焉王不能答申叔時僕曰築室反耕者宋必聽命從之宋人懼使華元夜入楚師登司馬側之

牀以病告側懼與之盟而告王退三十里而與之平二十三年莊王卒子共王審立莊王之季年魯人乞師以伐齊莊王卒我師不出共王二年魯人以晉師伐齊令尹公子嬰齊將救齊大户已責逮鰥救乏赦罪悉師王卒盡行彭名御戎蔡景公爲左許靈公爲右侵衛及魯魯人以賂請盟十一月及諸侯之大夫盟于蜀晉人畏其衆不敢爭是役也使巫臣聘於齊且告師期巫臣與公子側爭夏姬遂以夏姬亡奔晉晉人以爲邢大夫側

請以重幣錮之王不許曰彼為先君謀所蓋多矣若能利晉國雖重幣何益四年晉師伐鄭側救鄭鄭伯與許男訟不能決五年許鄭來訟鄭伯不勝歸而請成于晉六年嬰齊伐鄭欒書救鄭遇於繞角我師還七年嬰齊復伐鄭諸侯救鄭盟于馬陵鄭人囚我鄖公鍾儀巫臣之出也嬰齊及側盡滅其族而分其室巫臣自晉遺二子書曰爾以讒慝貪惏事君而多殺不辜余必使爾罷於奔命以死遂請於晉侯而使於吳教吳乘車戰射道

之叛楚吳於是始伐楚伐巢伐徐嬰齊奔命馬陵之會吳入州来嬰齊自鄭奔命二子於是一歲七奔命蠻夷屬於楚者吳盡取之大為楚患八年晉欒書侵我獲申驪九年以賂求鄭伯鄭伯會我公子成于鄧秋晉人伐之嬰齊伐陳以救鄭自陳伐莒取渠丘及鄆晉人歸鍾儀以求成十二月使公子成報焉十年晉使糴茷來聘十一年宋華元來會晉楚之成十二年五月晉士燮會我公子罷許偃盟于宋西門之外晉郤至来聘王孫之

子側相為地室而縣賓登金奏作於下驚而走出復入
而辭曰如天之福兩君相見何以易此側曰兩君相見
亦唯一矢以相遺焉用樂郤至譏焉晉人以此知成之
不能久也冬公子罷如晉涖盟十五年夏王將北師公
子貞曰新與晉盟奈何背之側曰敵利則進何盟之有
申叔時老矣在申聞之曰子反必不免遂侵鄭及衛許
人畏偪於鄭請遷於我十一月使公子申遷許於葉十
六年使公子成以汝陰之田求成于鄭鄭人叛晉夏晉

侯伐鄭王救之側將中軍嬰齊將左壬夫將右過申側
見申叔而問焉曰師其如何對曰子内棄其民而外絶
其好瀆齊盟而食話言奸時以動而疲民以逞將何以
戰吾殆不見子矣戰于鄢陵吕錡射王中目我師敗績
既夕側命軍吏察夷傷補卒乘繕甲兵展車馬將復攻
晉晉人患之苗賁皇徇曰蒐乘補卒秣馬厲兵脩陳固
列蓐食申禱明日復戰乃逸楚囚王聞之召側醉不能
見王曰天敗楚也夫遂夜遁去賜側死十七年夏諸侯

伐鄭嬰齊救之諸侯還冬諸侯復伐鄭壬夫救之諸侯還公子橐師襲舒庸滅之十八年夏王伐宋納魚石于彭城以三百乘戍之而還宋人伐彭城冬嬰齊救彭城晉悼公救宋遇於靡角我師還十九年諸侯伐鄭壬夫救鄭侵宋呂留右司馬申多受小國之賂以偪令尹司馬二十年殺申二十一年春嬰齊伐吳克鳩兹至于衡山使鄧廖侵吳吳人敗之獲鄧廖歸飲至三日吳人取駕國人咎焉嬰齊遂以憂死六月晉侯會諸侯于雞澤

壬夫為令尹侵欲於小國陳叛我使袁僑如會秋使公子何忌侵陳二十二年陳成公卒將伐陳聞其喪而止陳不聽命夏彭名侵陳二十三年討陳叛故殺壬夫以公子貞為令尹以伐陳二十五年貞復圍陳諸侯會于鄬以救陳我師執陳公子黃陳侯逃歸二十六年春鄭人為晉侵蔡冬貞伐鄭鄭人請成二十七年秦伯使來乞師將以伐晉王許之貞曰不可當今吾不能與晉爭晉君類能而使之君明臣忠上讓下競當是時也晉不

可敵事之而後可王曰吾既許之矣遂師于武城以為秦援冬十月諸侯伐鄭鄭人請成王伐鄭鄭人亦成莊夫人卒王未能定鄭而還二十八年夏貞及鄭師伐宋秋諸侯伐鄭鄭及晉平貞救鄭鄭人宵涉潁以盟我晉師歸我師亦歸二十九年四月諸侯復伐鄭盟于亳城北王及秦師伐鄭鄭伯來逆與我伐宋九月諸侯復伐鄭鄭及晉盟使良宵來告絶時晉悼公復伯諸侯畏之鄭固與晉我不敢復爭三十年貞及秦師伐宋王逆女

于秦三十一年王疾病名大夫而告之以鄢之辱請謚靈若厲九月共王卒大夫將以王命謚貞曰君命以共若之何毁之赫赫楚國而君臨之撫有蠻夷奄征南海以屬諸夏而知其過可不謂共乎請謚之共大夫從之子康王昭立吴侵我公子午及養由基禦之大敗吴師於庸浦元年貞師于棠以伐吴師還不戒吴人敗我師于皐舟之隘冬貞卒將死謂公子午必城郢二年午為令尹舉楚國之賢者寘之列位於是楚治三年晉荀偃

伐我公子格禦之戰于湛阪我師敗績五年晉人圍齊
鄭公子嘉欲去諸大夫將叛晉而起楚師以告令尹午
午以諸侯之睦於晉也不許王強之午伐鄭無功而還
七年陳公子黄來奔八年令尹午卒使薳子馮為令尹
訪於申叔豫豫曰國多寵而王弱不可為也遂辭以疾
以公子追舒為令尹觀起有寵於追舒無禄而多馬楚
人患之九年殺追舒復以薳子馮為令尹十年陳侯來
朝公子黄愬焉慶虎慶寅以陳叛屈建從陳侯圍陳殺

二慶而納黄十一年王為舟師以伐吴不為軍政無功
而還齊莊公伐晉懼而求好於我使薳啓彊聘于齊齊
使陳無宇來報秋諸侯會于夷儀以伐齊王伐鄭以救
齊吴召舒鳩人舒鳩人叛我王師于荒浦使讓焉舒鳩
子告不叛且請受盟王不許薳子馮曰彼告無罪若何
伐之姑歸息民彼若不二吾無求矣若猶叛我無詞有
庸師還十二年舒鳩卒叛屈建為令尹伐舒鳩滅之以
薳掩為司馬書土田賦車籍馬及兵車徒卒甲楯之數

既成以授屈建王將賞舒鳩之功屈建辭曰先大夫蒍
子之功也乃以與蒍掩十三年許靈公來朝請伐鄭卒
于楚王曰不伐鄭何以求諸侯十月伐鄭時宋向戌將
合晉楚之成鄭公孫僑曰晉楚將平不如使逞而歸遂
不禦我獲九人而還十四年夏屈建會晉趙武及諸侯
之大夫盟于宋楚人衷甲且請先歃晉人不較諸侯是
以惡我秋晉荀盈來盟盟蒍罷如晉涖盟十五年以宋盟
故鄭游吉來聘及漢辭之以致鄭伯冬宋公魯侯陳侯

鄭伯許男皆來十二月乙未康王卒宋公未至而反諸
侯皆至子熊麇立是為郟敖元年四月葬康王諸侯皆
送葬王子圍為令尹王弱而令尹強諸侯知圍之不臣
也二年圍殺司馬薳掩而取其室四年圍會晉趙武及
諸侯之大夫于虢因聘于鄭且娶于公孫段氏將遂襲
鄭鄭人知之不克冬圍將復聘于鄭未出境聞王有疾
而還入問王疾縊而弒之及其二子幕與平夏右尹王
子比奔晉宮廐尹王子黑肱奔鄭殺太宰伯州犁圍自

立是爲靈王靈王者共王之子而康王之弟也二年冬
鄭伯來朝三年春許男來朝王皆止之以田江南使椒
舉如晉求諸侯二君待之王問鄭公孫僑曰晉其許我
乎對曰晉君少安不在諸侯其大夫多求莫匡其君在
宋之盟又曰如一何故不許王曰諸侯其來乎對曰從
宋之盟承君之懽不畏大國何故不來不來者其魯衛
曹邾乎曹畏宋邾畏魯魯衛偪於齊而親於晉唯是不
來其餘君之所及也王曰然則吾所求者無不可乎對

曰求逞於人不可與人同欲盡濟椒舉至晉晉侯許之
六月合諸侯于申惟魯衛曹邾不至椒舉言於王曰臣
聞諸侯無歸禮以為歸今君始得諸侯其慎禮矣伯之
濟否在此會也宋向戌鄭公孫僑在諸侯之良也王其
訪焉王使問禮於二子向戌獻公合諸侯之禮六僑獻
伯子男會公之禮六徐子吳出也王以為貳於吳執之
宋太子佐後至王田於武城弗見於是王以侈驕諸侯
椒舉諫曰夏桀為仍之會有緡叛之商紂為黎之蒐東

夷叛之周幽王為太室之盟夷狄叛之皆汏故也今君以汏無乃不濟乎弗聽子産見向戌曰吾不患楚矣汏而愎諫不過十年戌曰然不十年侈其惡不遠遠惡而後棄善亦如之德遠而後興七月王以諸侯伐吴圍朱方執齊慶封殺之盡滅其族將戮慶封負之斧鉞以徇於諸侯使言曰無或如齊慶封弒其君弱其孤以盟其大夫慶封曰無或如楚共王之庶子圍弒其君兄之子麇而代之以盟諸侯王使速殺之遂以諸侯滅賴遷賴

於鄢使闘圍龜公子去疾城賴將以遷許申無宇曰楚
猷之首將在此矣名諸侯而來伐國而克城竟莫校王
心不違民其居乎民之不處其誰堪之不堪王命乃禍
亂也冬吳伐我入棘櫟麻四年王以屈申為貳於吳殺
之使令尹薳罷如晉逆女晉使韓起羊舌肹送之既至
王將以起為閽以肹為司宫以辱晉訪諸大夫大夫莫
對薳啓彊爭之乃止十月王以諸侯伐吳吳敗我師于
鵲岸吳子使其弟蹶由犒師執之以歸五年夏使公子

棄疾聘于晉秋遂罷伐吳吳敗我師于房鍾六年成章
華之臺將與諸侯落之使遂啓彊召魯侯夏魯侯來朝
王享之於章華七年陳哀公卒哀公之弟招殺其太子
偃師而立公子留九月王使棄疾帥師奉孫吳以伐陳
十一月滅陳放陳公子招殺陳孔奐而使穿封戌為陳
公八年王會諸侯之大夫于陳遷許于城父十年三月
王召蔡靈公于申伏甲而享之醉而執之四月殺之刑
其士七十人使棄疾帥師圍蔡滅之用隱太子友于岡

山使棄疾為蔡公王問於申無宇曰棄疾在蔡何如對
曰擇臣莫若君鄭莊公城櫟而寘子元使昭公不立齊
桓公城穀而寘管仲至于今賴之臣聞五大不在邊五
細不在庭親不在外羈不在内今棄疾在外鄭丹在内
君其少戒且末大必折尾大不掉君所知也十一年夏
殺成熊以為若敖氏之餘也而誅之冬伐徐以懼吳王
次于乾谿以為之援鄭丹見王與之言欲求鼎於周求
許於鄭王心汰侈無厭丹不敢逆左史倚相趨過王謂

丹曰是良史也子善視之丹因言曰是安得為良史昔周穆王將肆其心周行天下將皆必有車轍馬迹祭公謀父作祈招之詩以止王心王是以獲没於祗宫臣問其詩而不知也王曰然則子知之乎丹為王誦之曰祈招之愔愔式昭德音思我王度式如玉式如金刑名之力而無醉飽之心王感其言揖而入饋不食寢不寐數日不能自克以及於難十二年春王之舊怨遂掩之族及遂居許圍蔡洧蔓成然越大夫常壽過因王在外帥

羣喪職之徒以作亂圍固城克息舟城而居之蔡之遺臣朝吴觀從因之以蔡公棄疾之命召公子比公子黑肱既至命蔡人奉棄疾以盟二子帥陳蔡不羮許葉之師因息舟之隙以入楚殺王太子禄及公子罷敵比爲王黑肱爲令尹棄疾爲司馬使觀從從師于乾谿令曰先歸復所後者劓師及訾梁而潰王聞太子之死也自投于車下曰人之愛其子也亦如余乎侍者曰甚矣小人老而無子知擠于溝壑矣王曰吾殺人子多矣能無

及此乎鄭丹言於王請待於郊以聽國人王曰衆怒不可犯也曰若入於大都而乞師於諸侯王曰皆叛矣曰若亡於諸侯以聽大國之圖君也王曰大福不再祇取辱焉丹棄王而歸王沿夏將入鄀王嘗有德於申無宇無宇之子亥求王遇於棘圍以歸五月王縊于申亥氏國人不知每夜駭曰王入矣棄疾因以作亂使人夜走而呼曰王至矣國人大驚使蔓成然告比黑肱曰王至矣國人殺君司馬將來矣君若早自圖也可以無辱又

有呼而至者曰衆至矣二子皆自殺棄疾即位名曰熊居是為平王葬子干于訾謂之訾敖殺囚衣之王服而流諸漢取而葬之以靖國人使蔓成然為令尹觀從為卜尹楚師還自徐吴人敗諸豫章獲其五帥王於是封陳蔡復遷邑致羣賂施舍寛民宥罪舉職楚人安焉初共王有子五人無適立乃大有事於羣望而埋璧於庭曰當璧而拜者神所立也使五人齊而長入拜康王跨之靈王肘加焉子干子晳皆遠之平王幼抱而入再拜

皆壓紐闞圍龜知之故使其子成然事焉康王既以長
立至子不終靈王暴虐不得其死子干子晳皆以無援
不立而平王出君陳蔡國人附焉卒有楚國如神之命
十月吳滅州來蔓成然請伐吳王曰吾未撫民人未事
鬼神未脩守備未定國家而用民力敗不可悔州來在
吳猶在楚也子姑待之元年夏使然丹簡上國之兵於
宗丘使屈罷簡東國之兵於名陵且撫其民令曰息民
五年而後用師國遂以安令尹成然恃其勞也與養氏

比而求無度王患之九月殺成然而滅養氏之族使成然之子辛居鄖以續鬭氏之後二年王之嬖人費無極害蔡朝吳譖而逐之三年春使然丹誘戎蠻子嘉殺之而立其子四年冬吳伐我戰于長岸大敗吳師獲其乘舟餘皇吳人胥敗我師取餘皇以歸五年冬使王子勝遷許于白羽以避鄭六年春使工尹赤遷陰于下陰使令尹陽匄城郟魯叔孫婼聞之曰楚不在諸侯矣王之在蔡也生太子建及即位使伍奢為之師費無極為少

師無極無寵於太子太子娶于秦無極勸王取之因言
於王請大城城父而寘太子以通北方王説而從之楚
於是始亂冬城州來沈尹戌曰楚必敗矣昔吴滅州來
子旗請伐之王以撫民辭焉今未嘗撫民而城州來以
挑吴能無敗乎七年費無極言於王曰建與伍奢將以
方城之外叛王以問奢奢曰君一過多矣何信於讒王
怒執奢使城父司馬奮揚殺太子未至而遣之太子奔
宋無極曰奢之子才若在吴必憂楚國王使召之其長

子尚至少子員奔吴王并殺奢與尚員至吴言伐楚之利卒為楚禍八年宋華氏為亂不克使華登來乞師王使遂越帥師助之太宰犯諫曰釋君而助臣可乎王悔之蔡侯朱既立費無極取貨於東國使蔡人出朱而立東國朱來愬王將為之討蔡無極言焉乃止九年宋華亥向寧華定來奔十年秋吴伐州來遂越帥諸侯之師救之遇於鍾離吴人敗頓胡沈蔡之師我師大奔冬十月吴入郹取太子建之母及其寳器以歸遂越追之弗

及縊於薳澨囊瓦為令尹城郢沈尹戌曰子常必亡郢
古者天子守在四夷天子卑守在諸侯諸侯守在四鄰
諸侯卑守在四境慎其四境結其四援民狎其野三務
成功民無内憂而又無外懼國焉用城今吳是懼而城
於郢守已卑矣卑之不獲能無亡乎十一年秋王為舟
師以略吳疆沈尹戌曰此行也楚必亡邑不撫民而勞
之吳不動而速之吳踵楚而疆場無備邑能無亡乎王
及圉陽而還吳人踵楚而邊人不備遂滅巢及鍾離沈

尹戌曰亡郢之始於此在矣十二年冬使薳射城州屈以復茄人城丘皇以遷訾人使熊相禖築巢使季然築卷民益不安十三年九月平王卒囊瓦將立王子申曰太子壬弱其母非適也建實聘之申怒曰王有適嗣而廢之必殺令尹瓦懼乃立太子是為昭王申平王長庶子也元年春吳子使掩餘燭庸伐我我師禦之吳師不能退吳公子光因以弒吳子掩餘奔徐燭庸奔鍾吾我師還左尹郤宛直而和國人說之費無極與鄢將師惡

之讒之囊瓦而殺之及陽令終晉陳皆滅其族伯州犂之孫嚭出奔吳國人謗之沈尹戌告瓦曰吳新有君疆埸日駭子邇於讒人而殺三不辜以興大謗國有大事子其危矣瓦懼殺無極將師以説於國四年吳掩餘燭庸來奔王封之於養將以害吳公子申諫曰吳光新得國而親其民視民如子辛苦同之將用之也若好吾邊疆使柔服焉猶懼其至今又強其讎以怒之無乃不可乎王弗聽吳子怒執鍾吾子而伐徐滅之徐子來奔沈

尹戌救徐不及吳始用伍員為三軍以肄楚楚於是始病五年吳再侵我八年夏桐叛我秋囊瓦伐吳敗於豫章蔡昭侯來朝為兩佩兩裘以其一獻王而服其一以朝囊瓦欲之弗與三年止之唐成公來朝有兩驌驦馬囊瓦欲之弗與亦三年止之九年唐人竊馬以獻乃歸唐侯蔡人聞之固請獻佩亦歸蔡侯蔡侯歸及漢沈玉而誓曰余所有濟漢而南者有若大川遂如晉請伐我十年三月晉為蔡合諸侯於召陵求賄不得而止蔡侯

因伍貟伯嚭以告於吴冬蔡侯唐侯以吴子伐我舍舟于淮汭自豫章與楚夾漢左司馬戌謂囊瓦曰子夾漢而與之上下我悉方城外以毁其舟還塞大隧直轅冥阨子濟漢而伐之我自後擊之必大敗之既謀而行武城黒謂瓦曰吴用木也我用革也不如速戰史皇曰楚人惡子而好司馬若司馬毁吴舟于淮塞城口而還是獨克吴也必速戰不然不免乃濟漢而陳自小别至于大别三戰瓦知不可欲奔史皇曰安求其事難而逃之

將何所入子必死之初罪必盡訖闔廬之弟夫槩王先
擊囊瓦之卒瓦先奔我師亂遂大敗瓦亡奔宋吴師從
我五戰及郢王出奔吴入郢伍員發平王之墓鞭之左
司馬戌及息而還敗吴師于雍澨三戰皆傷遂死之王
入於雲中盜以戈擊王王孫由于以背受之中肩王奔
鄖鄖公辛之弟懷將弑王曰平王殺吾父我殺其子不
亦可乎辛止之與其弟巢以王奔随吴求王於随公子
結似王將逃王而已為王随人不與王割結心以與随

人盟申包胥以王命而乞師于秦曰吴爲封豕長蛇荐
食上國虐始於楚寡君失守社稷越在草莽使下臣告
急曰夷德無厭若鄰於君疆埸之患也逮吴之未定也
君其取分焉若楚之遂亡君之土也若以君靈撫之世
以事君秦伯曰寡人聞命矣子姑就館將圖而告子對
曰寡君越在草莽未獲所伏下臣何敢即安立依於庭
墻而哭日夜不絶聲勺飲不入口七日秦哀公爲之賦
無衣九頓首而坐秦師乃出十一年夏秦子蒲子虎帥

車五百乘以救我與我師敗夫槩王于沂公子結亦敗吳師於軍祥七月滅唐九月夫槩王歸自立奔楚爲堂谿氏吳師敗吳師吳王乃歸十月王入于郢王之奔隨也將涉於成臼藍尹亹涉其孥不與王舟王定將殺之公子申曰子常惟思舊怨以敗君何効焉王曰善使復其所吾以志前惡王賞鬭辛王孫由于王孫圉鍾建鬭巢申包胥王孫賈宋木鬭懷申請舍懷王曰大德滅小怨道也申包胥曰吾爲君也非爲身也君既定矣又何求且吾尤子

旗其又為諸遂逃賞十二年四月吳敗我舟師獲大夫
九人又敗我陵師國人大惕懼亡令尹申喜曰乃今可
為矣於是遷郢於鄀而改紀其政以定楚國二十年二
月結及陳師滅頓五月越敗吳于檇李闔閭傷而死吳
由此怨越不暇伐楚二十一年滅胡二十二年春王及
諸侯圍蔡以報柏舉里而栽廣丈高倍九日而畢如令
尹之素蔡人男女以辨使疆于江汝之間而還遷蔡於是
請遷于吳秋吳王夫差伐陳楚大夫聞之皆懼曰闔閭

惟能用其民是以敗我今聞其嗣又甚將若之何申曰
二三子恤不相睦無患吴矣昔闔閭身自約也而恤其
民民不罷勞而爭為之死吾先大夫子常易之所以敗
我也今夫差次有臺榭陂池宿有妃嬙嬪御一日之行
玩好必從珎異是聚視民如讎而用之日新夫先自敗
也已安能敗我二十五年克戎蠻氏蠻子赤奔晉晉人
為我執之以歸二十七年春吴伐陳王為之出師于城
父七月將救陳卜戰不吉卜退不吉王曰然則死也再

敗楚師不如死死一也其死雖乎命申為王不可則命結亦不可則命啓五辭而後許將戰王有疾方攻大冥卒于城父啓曰君王捨其子而讓羣臣敢忘君乎從君之命順也立君之子亦順也與申結謀潛師閉塗逆越女之子章而立之是為惠王是歲也有雲如衆赤鳥夾日以飛三日王問之周太史史曰其當王身乎若禜之可移於令尹司馬王曰除腹心之疾而寘諸股肱何益不穀不有大過天其夭諸有罪受罰又焉移之遂弗禜

初昭王有疾卜曰河爲祟大夫請祭諸郊王曰三代命
祀祭不越望江漢睢漳楚之望也禍福之至不是過也
不穀雖不德河非所獲罪也亦弗祭孔子曰楚昭王知
天道矣其不失國也宜哉惠王三年伐陳四年結復伐
陳七年申復伐陳九年申結伐吳初太子建居鄭鄭人
殺之建子勝在吳申台之以爲白公請伐鄭以復父讎
申許之而未行晉人伐鄭楚救之與之盟而還勝怒曰
鄭人在此讎不遠矣十年吳伐慎勝敗之請以戰備獻

許之遂作亂七月殺申結于朝以兵劫啓將立之啓曰
王孫若安靖楚國匡正王室而後畀焉啓之願也敢不
聽從若將專利以傾王室不顧楚國有死不能遂殺之
劫王以如高府圉公陽穴宫負王以如昭夫人之宫葉
諸梁在蔡以方城之外伐之勝敗奔山而縊王復位諸
梁爲令尹司馬陳人因亂伐我十一年七月公孫朝帥
師滅陳以申之子國爲令尹結之子寛爲司馬而諸梁
歸老於葉十六年越滅吴越人不能正江淮之北楚東

侵廣地至泗上四十二年滅蔡四十四年滅杞與秦平五十七年惠王卒子簡王中立簡王元年北伐滅莒二十四年簡王卒子聲王當立聲王五年韓魏趙始列為諸侯（史記簡王八年韓魏趙始為諸侯今考之三晉世家及年表當在此年也）六年盜殺聲王子悼王熊疑立悼王二年三晉來伐至乘丘而還三年歸榆關于鄭四年伐周圍鄭九年伐韓取負黍十一年三晉來伐敗我大梁榆關我厚賂秦與之平王之季年吴起自魏來王任以為相明法責實楚國以治而大

臣宗室害之二十一年悼王卒貴戚作亂攻殺吴起子
肅王臧立肅王四年蜀伐我取兹方於是為扞關以距
之十年魏取我魯陽十一年肅王卒無子立王弟熊良
夫是為宣王宣王六年周天子賀秦獻公秦始復強而
三晉亦益大十六年魏惠王圍趙邯鄲昭奚卹謂宣王
曰王不如無救趙以強魏魏強其割趙必深趙不聽必
堅守是兩獘也景舍曰不然夫魏之攻趙也恐楚之攻
其後今不救趙趙有亡形而魏無楚憂是楚魏共趙也

害必深矣何謂兩弊乎且魏以兵深割趙趙見亡形而
楚不救已必與魏合而以謀楚故王不如少出兵以為
趙援趙恃楚勁必與魏戰魏怒於趙之勁而見楚救之
不足畏也必不釋趙趙魏相弊而齊秦應楚則魏可破
也楚因使景舍起兵救趙邯鄲拔楚取睢濊之間齊敗
魏桂陵三十年秦孝公封衛鞅於商南侵我是年宣王
卒子威王熊商立威王六年齊魏始稱王越王無彊伐
齊齊宣王使人說越王勸之伐楚越王從之釋齊伐我

我興師伐之大敗越人殺王無疆盡取故吴地至浙江北因此怨齊田嬰七年伐齊敗之於徐州令齊必逐田嬰張丑為嬰說王曰王知所以戰勝於徐州者乎田盼子者齊之名將也嬰子不善而用申紀申紀者大臣不附百姓不為用故王勝之令逐嬰子則盼子必用非楚利也王止不逐嬰子十一年威王卒子懷王熊槐立魏聞我喪伐我取陘山懷王五年秦初稱王六年使柱國昭陽將而攻魏破之於襄陵得入邑又移兵攻齊齊王

患之陳軫適爲秦使齊齊王曰爲之奈何陳軫曰王勿憂請令罷之即往見昭陽軍中曰願聞楚國之法破軍殺將者何以貴之昭陽曰官爲上柱國爵執珪軫曰其有貴於此者乎昭陽曰令尹陳軫曰令君已爲令尹矣此國冠之上也臣請得譬之人有遺其舍人一卮酒者舍人相謂曰數人飲此不足請畫地爲蛇蛇先成者獨飲之一人先成舉酒而起曰吾能爲之足及其爲之足而後成人奪之酒而飲之曰蛇固無足今爲之足是非

蛇也令君相楚而攻魏破軍殺將功莫大焉冠之上不可以加矣令又移兵而攻齊攻齊勝之官爵不加於此攻之不勝身死爵奪此為蛇為足之說也不若引兵而去以德齊此持滿術也昭陽曰善引兵而歸燕韓君初稱王秦使張儀與齊楚魏相會盟齧桑十一年山東六國約共攻秦楚為從長至函谷關秦出兵擊六國六國兵皆引而歸齊獨後史記於此言蘇秦約山東六國共攻秦而戰國策言是歲五國攻秦趙李兌之計也案蘇秦始約從諸侯當趙肅侯十六年楚威王六年明年秦使犀首說齊魏共伐趙以敗從約

蘇秦自此去趙而從約遂解至楚懷王十一年凡十四年是時蘇秦自燕入齊為齊人所殺矣然則函谷之兵非蘇秦明矣　魏將求和於秦使惠施之楚楚將入之秦杜赫謂昭陽曰凡為伐秦者楚也今施以魏來而入秦是明楚之伐而信魏之和也公不如無聽惠施而陰使人以請秦昭陽曰善因謂惠施曰凡為攻秦者魏也今子從楚為和楚得其利魏受其怨子歸吾將使人因魏而和惠子反魏王不悅杜赫又謂昭陽曰魏為子先戰折兵之半謁病不得請和不聽魏折而入齊秦子何以救之

東有越累北無晉而交未定於齊秦是楚孤也不如速
和昭陽曰善因令人謁和於魏十二年齊湣王伐敗趙
魏軍秦亦伐敗韓與齊爭長十六年秦欲伐齊而楚與
齊從親秦惠王患之乃宣言張儀免相使儀南入楚謂
王曰敝邑之王所甚説者無先大王雖儀之所甚願為
門闌之廝者亦無先大王敝邑之王所甚憎者無先齊
王雖儀之所甚憎者亦無先齊王而大王和之是以敝
邑之王不得事王而令儀亦不得為門闌之廝也王為

儀閉關而絶齊今使使者從儀西取故秦所分楚商於之地方六百里如是則齊弱矣是北弱齊西得秦私商於以為富此一計而三利俱至也王大説置相印於張儀日與置酒宣言吾復得商於之地羣臣皆賀陳軫獨吊王曰何故軫曰秦之所為重王者以王有齊也今地未可得而齊交先絶是楚孤也夫秦又何重孤國哉必輕楚矣且先出地而後絶齊則秦計不為先絶齊而後責地則見欺於張儀見欺於張儀王必怨之是西起秦

惠北絶齊交如此而兩國之兵至矣臣故弔王弗聽因
使一將軍從張儀西受地張儀至秦佯醉墜車稱病不
出三月地不可得王曰儀以吾絶齊為尚薄耶乃使勇
士宋遺北辱齊王齊王大怒折楚符而合於秦秦齊交
合張儀乃起朝謂楚將軍曰子何不受地從某至某廣
袤六里楚將軍曰受命六百里不聞六里即以歸報王
大怒興師伐秦陳軫又曰伐秦非計也不如因賂之一
名都與之伐齊是我亡於秦取償於齊也吾國尚可存

今王已絶於齊而責欺於秦是吾合齊秦之交而來天
下之兵也國必大傷矣王不聽遂發兵西攻秦十七年
與秦戰丹陽秦大敗我軍斬甲士八萬虜我大將屈匄
裨將逢侯丑等七十餘人遂取漢中郡王大怒乃悉國
兵復襲秦戰于藍田兵復大敗韓魏聞之南襲我至鄧
楚聞乃引兵歸十八年秦使使約復與楚親分漢中之
半以和楚王曰願得張儀不願得地張儀聞之請之楚
秦王曰楚且甘心於子奈何張儀曰臣善其左右靳尚

靳尚又能得事於楚王幸姬鄭袖袖所言無不從者且儀以前使負楚今秦楚大戰有惡臣非面自謝楚不解且大王在楚宜不敢取儀誠殺儀以便國臣之願也儀遂使楚王不見因欲殺之儀私於靳尚靳尚為請曰拘張儀秦王必怒天下見楚無秦必輕王矣又謂鄭袖曰秦王甚愛張儀而王欲殺之今將以上庸之地六縣賂楚以美人聘王以宮中善歌者為之媵王重地秦女必貴而夫人必斥矣夫人不若言而出之鄭袖卒言張儀

於王而出之儀出王因善遇儀儀因説王叛從約與秦合親約昏姻張儀已出屈原使從齊來諫王曰何不誅張儀王悔使人追之不及靳尚因謂王曰臣請隨之儀事王不善臣請殺之楚小臣靳尚之仇也或謂魏張旄曰以張儀之智而有秦楚之用君必窮矣君不如使人微要靳尚而刺之楚王必曰儀也彼儀窮則子重矣楚秦相難則魏無患矣旄果令人要靳尚刺之楚王大怒是歲秦惠王卒二十二年秦攻宜陽周君謂趙累曰子

以為如何對曰宜陽必拔也周君曰宜陽城方八里材士十萬粟支十年公中之軍二十萬景翠以楚之衆臨山而救之秦必無功對曰甘茂羈旅也攻宜陽而有功則周公旦也無功則削迹於秦秦王不聽羣臣父兄之議而攻宜陽宜陽不拔秦王耻之臣故曰拔周君曰子為寡人謀柰何對曰君謂景翠曰公爵為執珪官為柱國戰而勝則無加焉不勝則死不如背秦援宜陽公進兵秦恐公之乘其敝也必以實事公公仲慕公之為已

秉秦也亦必盡其寳秦拔宜陽景翠果進兵秦懼遽效煑棗韓氏果亦效重寳是時齊湣王欲為從長惡楚之與秦合乃使遺王書曰寡人患楚之不察於尊名也今秦王已死張儀走魏樗里疾公孫衍用而楚事秦夫樗里疾善韓公孫衍善魏楚必事秦則韓魏恐必因二人求合於秦則燕趙亦宜事秦四國爭事秦則楚為郡縣矣王何不與寡人并力收韓魏燕趙與為從而尊周室以案兵息民令於天下則王名成矣王率諸侯並伐破

秦必矣王取武關蜀漢之地私吳越之富而擅江海之利韓魏割上黨西薄函谷則楚之強百萬也且王欺於張儀亡地漢中兵挫藍田天下莫不代王懷怒今乃欲先事秦𩔖王熟計之王業已欲和於秦得齊王書猶豫未決下其議羣臣羣臣或言和秦或言聽齊昭睢曰王雖東取地於越不足以刷恥於諸侯必且取地於秦而後足以刷恥於諸侯王不如深善齊韓以重樗里疾如是則王得齊韓之重以求地矣秦破韓宜陽而韓猶復

事秦者以先王墳墓在平陽而秦之武遂去之七十里以故尤畏秦不然秦攻三川趙攻上黨楚攻河外韓必亡楚之救韓不能使韓不亡然存韓者楚也韓已得武遂於秦以山河為塞所報德莫如楚厚臣以為其事王必疾齊之所信於韓者以韓公子眛為齊相也韓已得武遂於秦王甚善之使之以齊韓重樗里疾疾得齊韓之重其主弗敢棄疾也今又益之以楚之重樗里子必言秦復與楚之侵地矣於是王許之竟不合秦而合齊

以善韓史記此事在二十年今案年表懷王二十二年秦拔宜陽取武遂二十三年秦復歸韓武遂故此事當在懷王二十二年也二十四年背齊而合秦秦昭王初立乃厚賂楚楚往迎婦二十五年王入秦與昭王約盟於黄棘秦復與楚上庸二十六年齊韓魏以我叛約而合秦三國共伐我我使太子入秦而請救秦遣客卿通將兵來救三國引兵去二十七年秦大夫有私與楚太子鬬者太子殺之亡歸二十八年秦乃與齊韓魏共攻我殺將軍唐眛取我重丘而去二十九年秦復來攻大破我

軍死者二萬殺將軍景鈌王恐使太子為質於齊以求
平三十年秦復伐我取八城秦昭王遺王書曰始寡人
與王約為兄弟盟於黄棘太子為質至懽也太子陵殺
寡人之重臣不謝而去寡人誠不勝怒使兵侵君之邊
令聞君王乃令太子質於齊以求平寡人與君接境壤
界故為昏姻所從相親久矣而今秦楚不懽則無以令
諸侯寡人願與君王會武關面相約結盟而去寡人之
願也王見書患之欲往恐見欺欲無往恐秦怒昭雎曰

王無行而發兵自守耳秦虎狼不可信有并諸侯之心
屈原亦止王毋西王子子蘭勸王曰奈何絶秦之懽心
於是往會秦詐令一將軍伏兵武關號為秦王王至則
閉武關遂與西至咸陽朝章臺如蕃臣不與亢禮王大
怒悔不用昭子言秦因留王要以割巫黔中郡王欲盟
秦欲先得地王怒曰秦詐我而又强要我以地不復許
秦秦因留王楚大臣患之乃相與謀曰吾王在秦不得
還要以割地而太子横為質於齊齊秦合謀則楚無國

矣乃欲立懷王子在國者昭雎曰王與太子俱困於諸侯今又背王命而立其庶子不義乃請太子於齊齊湣王欲留太子以求楚之淮北齊相田文曰不可郢中立王是吾抱空質而行不義於天下也或曰不然郢中立王因與新王為市曰與我下東國吾為王殺太子不然將與三國共立之然則東國必可得矣齊王卒用其相計歸太子然亦謂太子與我東地五百里不然不得歸太子曰臣有傅請問之傅慎子曰獻之愛地而不送死

父不義也太子從之齊乃歸太子太子至立爲王是爲
頃襄王乃告秦曰賴社稷神靈國有王矣秦昭王怒齊
使車五十乘來取東地王告慎子曰齊來求地爲之柰
何慎子曰王朝羣臣而問之可也上柱國子良入見王
曰寡人之得反國也以東地五百里許齊齊令求之柰
何子良曰王親出玉聲而許強萬乘之齊不與則不信
不可以約結諸侯請與之而攻之子良出昭常入見王
復問之昭常曰不可與也去東地五百里是去國之半

也臣故曰勿與臣請守之昭常出景鯉入見王復問之景鯉曰不可與也然楚不能獨守臣請西索救於秦景鯉出王召慎子告之以三大夫之計曰將孰用而可慎子對曰王皆用之王怫然作色曰何謂也慎子曰王使子良以車五十乘北獻地於齊發子良之明日以昭常為司馬使守東土遣昭常之明日使景鯉以車五十乘西索救於秦王曰善從之子良至齊齊使人以甲受地昭常應齊使曰我主東土且與之生死悉五尺至六十

三十餘萬獘甲鈍兵待於下塵齊王謂子良曰大夫來獻地今常守之何如子良曰臣身受命於寡君是常矯也王攻之齊王起兵以伐昭常未涉疆秦畏齊之有東土也使芊戎告楚曰毋與齊東國吾與子出兵遂以五十萬臨齊右壤曰隘楚太子弗出不仁又欲奪之東地五百里不義其縮甲則可不然則戰齊王恐乃請子良南道楚西使秦以解齊患士卒不戰東地復全頃襄王元年秦出兵武關攻我大敗我軍斬首五萬取析十五

城而去二年懐王亡歸秦覺之遮楚道懐王從間道走趙以求歸趙主父在代其子惠文王初立行王事不敢納懐王欲走魏秦追至遂與秦使復之秦懐王遂發病三年懐王卒于秦秦歸其喪楚人皆憐之如悲親戚諸侯由是不直秦秦楚絶六年秦使白起伐韓於伊闕斬首二十四萬秦乃遺王書曰楚背秦秦且率諸侯伐楚爭一旦之命願王飭士卒得一樂戰王患之乃謀復與秦平七年楚迎婦於秦秦楚復平十一年齊秦各自稱

帝月餘復歸帝爲王十四年王與秦昭王好會于宛十五年王與秦三晉燕共伐齊取淮北十六年與秦昭王好會於鄢其秋復與秦昭王會穰十八年楚人有好以弱弓微繳加歸鴈之上者王聞召而問之其人因躬獵以言代國之事王復召與語遂言曰先王爲秦所欺而客死於外怨莫大焉匹夫有怨尚有報萬乘白公子胥是也今楚地方五千里帶甲百萬猶足以踴躍中野而坐受困臣竊爲大王弗取也王感其言遣使於諸侯復

為從欲以伐秦秦聞之發兵來伐楚欲與齊韓連和伐秦因欲圍周周王赧使武公謂楚相昭子曰西周之地絶長補短不過百里而名為天下共主裂其地不足以肥國得其衆不足以勁兵雖無攻之名為弒君然好事之君喜攻之臣發號用兵未嘗不以周為終始是何也見祭器在焉欲器之至而忘弒君之亂臣恐天下以器讎楚也臣請譬之虎肉臊其兵利身人猶攻之澤中之麋蒙虎之皮人之攻之必萬於虎裂楚之地足以肥國

屈楚之名足以尊主是故器南則兵至矣於是楚計輟不行十九年秦伐我我軍敗割上庸漢北地與秦二十年秦將白起拔我西陵二十一年白起遂拔我郢燒先王墓夷陵我兵散不復戰東北保陳二十二年秦復拔我巫黔中郡初屈原有寵於懷王王與之圖議國事應對諸侯甚尊任之上官大夫忌之讒之懷王王疑之不用原既勸懷王誅張儀又勸王無入秦王不聽而聽少子蘭入秦而不反故楚人皆賢屈原而咎子蘭及頃襄

王即位以蘭為令尹蘭因與上官大夫比而毀原王怒逐之原憤懣赴湘水死楚人傷之由是忠臣不為用秦之未取郢也莊辛謂王曰王左州侯右夏侯從鄢陵君與壽陵君專淫佚侈靡不顧國政郢都必危王曰先生老悖乎將以為楚國祅祥乎莊辛曰臣非敢為祅祥也臣誠見其必然也王卒幸四子不衰楚國必亡臣請避於趙淹留以觀之莊辛去之趙五月而秦舉鄢郢王乃使人徵莊辛於趙謝之曰寡人不能用先生之言今事

至此為之奈何莊辛曰鄙諺曰見菟而顧犬未為晚也
亡羊而補牢未為遲也湯武以百里昌桀紂以天下亡
楚國雖小絶長續短猶數千里豈特百里哉王方憂懼
乃受之執珪封陽陵君二十三年復收東地得兵十餘
萬西取秦所拔我江旁十五邑以為郡距秦二十七年
使三萬人助三晉伐燕復與秦平太子為質於秦使左
徒黄歇侍太子三十六年王病太子亡歸秋頃襄王卒
太子熊元伐立是為考烈王王以黄歇為令尹封於吴

號春申君考烈王元年納州於秦以平是時楚益弱六年秦圍邯鄲趙使平原君來告急遣春申君將兵救趙七年至新中秦兵去（史記楚世家楚遣景陽救趙今按年表及平原君春申君傳皆言春申君將而救趙故以春申為信）十二年秦昭王卒使春申君弔祠于秦十四年滅魯十六年秦王政立二十二年與諸侯共伐秦不利而去東徙都壽春命曰郢二十五年考烈王卒子幽王悍立王舅李園殺春申君幽王三年秦滅韓十年幽王卒同母弟猶代立是為哀王哀王立二月餘哀

王庶兄負芻之徒襲殺哀王而立負芻為王是歲秦虜趙王遷王負芻二年秦伐我大破我軍亡十餘城三年秦滅魏四年秦將王翦破我軍於蘄殺將軍項燕五年王翦蒙武遂破楚國虜王負芻滅楚為楚郡年表及王翦傳記楚亡事與楚世家同惟秦始皇本紀二十三年王翦擊荆虜荆王項燕立昌平君為荆王反秦於淮南二十四年王翦復破荆軍昌平君死項燕自殺始皇二十三年則負芻之四年二十四年則負芻之五年負芻既死項燕立昌平君昌平君死而後項燕自殺與楚世家不同昌平君者楚人為始皇相國攻嫪毒者也始皇二十一年將攻荆徙昌平君於郢然無以考驗其實故兩存之也

蘇子曰楚靈王因陳公子招之亂而滅陳追討蔡侯般之弑君而滅蔡假大義以濟私欲晉政已亂莫之能救沛然自以為得計矣不十年而有乾谿之禍秦惠王使張儀說楚懷王欺而賣之如劫嬰兒昭王又誘而執之咸陽加之以兵遂分楚之半此其惡甚於楚靈王然傳子孫累世其禍乃應夫國於天地有與立矣一日為惡禍未即報也本弱者速斃根深者徐拔彼方以得為幸而不知天網之不失也是故楚雖已滅而楚之父老知

秦之歌曰楚雖三戸亡秦必楚卒之滅秦者皆楚人也
楚莊王討陳夏徵舒圍鄭及宋力皆足以取之棄而不
有夫豈不欲畏天故也莊王既伯諸侯而楚遂以興天
命之不僭如此而可誣也哉

古史卷十七

欽定四庫全書

古史卷十八　　　　宋　蘇轍　撰

鄭世家第十一

鄭桓公友者周厲王少子宣王庶弟也宣王二十二年初封於鄭幽王八年為周司徒幽王以褒姒故王室多邪諸侯叛之桓公懼及其難問於史伯吾何所可以逃死史伯對曰王室將卑戎狄必昌不可偪也當成周者南有荆蠻申呂應鄧陳蔡隨唐北有衛燕狄鮮虞路洛

泉徐蒲西有虞虢晋隗霍楊魏芮東有齊魯曹宋滕薛鄒莒是非王之支子母弟甥舅則皆蠻荆戎狄非親則頑不可入也濟洛河潁之間子男之國虢鄶為大虢叔恃勢鄶仲恃險皆有驕侈貪冒之心君若以周難之故寄孥與賄焉不敢不許周亂矣必將背君若以成周之衆伐之無不克矣既克二邑鄔弊補丹依畴歷華君之土也若前華後河右洛左濟主芣騩而食溱洧修典刑以守之可以少固公説乃東寄孥與賄虢鄶受之十邑

皆有寄地遂建國焉十一年申繒召西戎以伐周殺幽王於驪山之下桓公死之鄭人立其子掘突是為武公

案索隠鄭昭公名忽厲公名突皆武公之孫世豈有孫與祖同名者武公之名必傳者之誤理或然也然無以考證姑録舊史而已

武公復為周司徒國人宜之詩人為之賦緇衣武公十年娶于申生寤生及段姜氏惡寤生而愛段欲立之公弗許二十七年武公卒寤生立是為莊公姜氏請封段邑之於京祭仲曰都城過百雉國之害也公曰姜氏欲之焉辟害段既居京又私其旁邑公子吕復

請除之公不聽二十二年段與姜氏謀襲鄭公聞之乃
使呂伐之段出奔共遷姜氏于城潁而誓之曰不及黄
泉毋相見也既而悔之潁封人考叔聞之言於公曰君
何患闕地及泉隧而相見可也公從之乃復姜氏如初
鄭自桓公而為周卿士平王始貳於虢周鄭相惡王子
狐為質於鄭鄭公子忽為質於周二十四年平王崩周
人將以政畀虢公四月使祭仲帥師取温之麥秋又取
成周之禾二十七年公朝于周桓王不禮焉二十九年

以太山之祊易魯許田釋太山而祀周公虢公忌父遂
為周卿士公以齊人朝王三十年王命公為左卿士宋
公不王公以王命討之三十二年公及齊魯入許許男
奔衛使許大夫百里奉許叔以居許東偏使公孫獲居
許西偏曰我死則去之毋與許爭桓王復取我鄔蒍邗
之田而與我蘇氏十二邑蘇氏叛周王不能有也周自
是遂失鄭是時楚方北征諸夏三十三年公會蔡侯于
鄧以謀楚三十七年王奪公政公不朝王從蔡衛陳人

來伐公禦之王卒敗祝聃射王中肩聃請從王公不許夜使祭仲勞王三十八年北戎伐齊太子忽帥師救之大敗戎師齊人餼諸侯之大夫使魯為之班魯以周班後鄭忽怒四十二年以齊師衛師攻魯四十三年莊公卒祭仲立忽是為昭公公之為太子也齊侯將妻之以齊大非偶故辭及其敗戎師也齊侯又請妻之固辭祭仲曰君多内寵子無大援將不立不聽莊公寵子三人曰子突子亹子儀突母宋雍氏曰雍姞雍氏有寵於宋

莊公宋人誘祭仲執而與之盟使立突歸忽出奔衛突
立是為厲公宋以立公故責賂無已魯侯欲平我於宋
宋公不可元年十二月師及魯師伐宋二年宋以齊衛
燕人來戰我及魯師敗之三年宋復以諸侯伐我四年
公患祭仲專使其婿雍糾殺之不克糾死夏公出奔蔡
昭公復入許叔入于許秋厲公入居于櫟冬諸侯伐我
將納厲公不克初莊公將以高渠彌為卿昭公惡之諫
不聽公入二年渠彌弑公而立子亹子亹元年齊襄公

師于首止將討昭公之亂子亹會之高渠彌相齊人殺子亹而轘高渠彌祭仲逆子儀于陳立之子儀十四年厲公自櫟侵鄭獲傅瑕瑕請納公盟而舍之六月瑕弑子儀及其二子而納厲公公之出十七年矣入而殺傅瑕以其貳於子儀又責原繁以其不納已也繁縊而死後元年公會諸侯于鄄齊桓公始伯既而宋齊邾伐郳我間之侵宋二年春宋齊衛伐我冬公及諸侯盟于幽始成于齊三年齊人以公之不朝也執我大夫詹五年

周大夫奉王子頹以伐惠王不克出奔衛衛燕為之伐
周六年公和王室執燕仲父以王歸處于櫟子頹享大
夫樂及徧舞公謂虢公曰子頹干王之位禍莫大焉而
歌舞不倦是樂禍也樂禍必敗乃謀納王七年公及虢
公納王殺子頹享王于闕西樂備原伯曰鄭伯效尤亦
將有咎王賜我武公之畧自虎牢以西五月厲公卒子
文公捷立七年楚子元伐我入純門縣門不發楚言而
出楚師疑焉諸侯來救楚師夜遁十三年狄入衛公惡

高克使帥師次于河上以禦狄久而弗召師潰而歸高克奔陳詩人為之賦清人十四年楚人伐我比三歲來伐以我即齊故十七年齊桓公服楚於召陵師還將出於陳鄭之間陳轅濤塗與我大夫申侯謀譎齊使出於東方申侯許而陰背之齊侯説與之虎牢濤塗譖申侯必城之因譖之公曰申侯將以城叛十八年惠王將廢太子鄭而立帶齊桓公合諸侯盟于首止以定鄭王疾齊使周公導鄭叛齊從楚公喜於王命逃歸不盟十九

年諸侯伐我二十年齊復伐我公殺申侯以說秋世子華會諸侯盟于甯母華言於齊侯請去洩氏孔氏子人氏三族而以鄭為内臣齊侯不許二十一年公乞盟于齊二十九年殺世子華三十年齊桓公卒公再朝于楚宋襄公怒三十五年宋伐我楚子來救敗宋公于泓公享楚子取我二姬以歸晉公子重耳亡過我公不為禮叔詹諫不聽三十七年伐滑王使伯服游孫為滑請公不聽而執二子王以狄伐我取櫟王德狄人以其女為

后既而黜之狄攻王王來處于汜公與孔將鉏石甲父侯宣多省視官具而後聽政四十年公及楚人圍宋四十一年公如楚勸伐晉晉文公敗楚師于城濮公懼使子人九行成公及晉侯盟于衡雍四十二年晉侯秦伯圍我責無禮且貳於楚公使燭之武夜見秦伯曰鄭知亡矣然亡鄭以陪晉晉之厚君之薄也若舍鄭以為東道主君亦何所不利秦伯說使杞子逢孫楊孫戍鄭而還晉師亦去初文公有子六人子華子臧得罪死子士

死於楚子俞彌早卒子蘭奔晉惟子瑕在而公惡之弗立也子蘭之母曰燕姞賤妾也夢天使與已蘭曰余為伯儵余而祖也以是為而子故生子名之曰蘭蘭從晉侯圍鄭石癸曰吾聞姬姞耦其子孫必蕃於是召而立之以與晉平四十五年文公卒子穆公蘭立杞子使告于秦曰鄭人使我掌其北門若潛師以來鄭可得也秦伯從之元年秦師及滑鄭商人弦高將市于周以乘韋先牛十二以君命犒師且使遽告公使皇武子辭焉秦

師知其有備乃去十年楚人閒晉靈公之少也師于狼淵以伐我囚公子堅公子尨及樂耳遂及楚平十一年楚子伐宋田於孟諸宋公為右盂公為左盂十八年晉侯會諸侯于扈以我貳於楚不見公公子歸生使謂趙盾曰居晉楚之間而從於强令豈吾罪也晉人乃行成使趙穿公婿池來質我亦使太子夷石楚為質于晉初宋人弒昭公而齊懿公凌虐魯國晉再合諸侯將討之皆取賂而還二十年公及楚盟以晉為不足與也秋晉

趙盾以諸侯伐我會于棐林楚蔿賈來救囚晉解楊冬
晉復伐我二十一年春歸生以楚令伐宋敗之于大棘
囚華元獲樂呂晉再來伐二十二年及晉士會盟夏楚
人侵我冬穆公卒子靈公夷立元年楚人獻黿於公公
子宋與歸生將見宋食指動謂歸生曰我如此必嘗異
味公食大夫黿知宋之言召而弗與宋怒染指嘗之而
出公欲殺之宋與歸生謀而弑公諸大夫欲立公子去
疾去疾辭曰公子堅長乃立堅是為襄公襄公欲去穆

氏而舍去疾去疾請與穆氏皆亡乃舍之皆爲大夫冬楚子伐我元年楚復伐我晉荀林父來救二年楚復伐我成而還三年公會諸侯于黑壤復與晉平五年楚子伐我晉郤缺來救公敗楚師于柳棼國人皆喜去疾憂曰是國之災也吾死無日矣六年夏及楚人平諸侯之師伐我我亦與之成冬楚子伐我晉士會以諸侯來救逐楚師于潁北遂戍鄭公子歸生卒討靈公之亂斲其棺而逐其族七年楚子伐我去疾曰晉楚不務德而兵爭

與其來者可也晉楚無信我焉得有信乃從楚盟于辰
陵且徼事于晉八年春楚子圍我旬有七日國人大臨
守陴者皆哭楚師退我復修城楚師復進三月入鄭公
肉袒牽羊以逆楚師為我退三十里而平夏晉荀林父
帥師來救羣帥不協楚人敗之於邲十年晉侯伐我公
如楚謀晉十七年晉侯復以諸侯伐我公子偃禦之敗
諸丘輿十八年春襄公卒悼公費立冬晉欒書伐我楚
公子側來救公與許男訟于側元年公與許男皆訟於

楚我不勝公歸請成于晉八月及晉趙同盟于垂棘二
年春公如晉拜成六月悼公卒弟成公睔立楚公子嬰
齊伐我晉欒書來救遇於繞角楚師還成公元年春公
如晉秋楚嬰齊伐我晉侯帥諸侯來救因楚鄖公鍾儀
三年春楚人以重賂求我公會楚公子成于鄧秋公如
晉晉人執公而使欒書來伐冬楚嬰齊侵陳以救我公
孫申謀曰我出師圍許為將改立君者而紓晉使晉必
歸君乃圍許四年晉使衛侵我公子班以申之謀立公

子繻國人殺繻而立世子髡頑晉人伐我而歸公賂之
以襄鍾盟于修澤公子騑質焉公歸而討立君者殺叔
申叔禽公子班出奔許六年晉楚之大夫盟于宋曰無
相加戎公如晉聽成九年楚背晉侵我喜侵楚取新石
十年春楚以汝陰之田求成騑從楚子盟于武城夏喜
伐宋宋將鉏樂懼敗諸汋陂宋師舍於夫渠不儆喜覆
而敗之獲其二帥我及楚子與晉侯戰於鄢陵楚鄭皆
敗績晉人射楚子中目秋晉侯復以諸侯伐我喜宵軍

之宋齊衛皆失軍十一年春騑侵晋衛人侵我以救晋
夏太子髡頑侯𤢿為質於楚楚人來戍是歲晋悼公初
立以諸侯伐我楚嬰齊來救自是晋再伐我楚再來救
十四年夏成公卒子僖公惲立成公疾病大夫請息肩
于晋公曰楚君以鄭故親集矢於目若背之其誰暱我
秋諸侯會于戚以謀我冬諸侯城虎牢我及晋成僖公
無禮於諸大夫五年將會諸侯于鄬騑相又不禮焉騑
使賊弑公而以瘧疾赴于諸侯子喜生五年奉而立之

是為簡公元年春羣公子謀討騑騑先之反殺羣公子
公子發侵蔡獲蔡公子燮諸侯會于邢丘公親獻捷于
會冬楚公子貞伐我公子騑公子發公孫輒欲從楚公
子嘉公孫蠆公孫舍之欲待晉騑曰謀之多族事滋無
成姑從楚以紓吾民晉師至吾又從之敬共幣帛以待
强者而庇民焉可也舍之曰小所以事大信也小國無
信兵亂日至亡無日矣晉君方明四軍無闕八卿和睦
必不棄鄭楚師遼遠糧食將盡必將速歸何患焉騑不

從遂及楚平二年晉以諸侯來伐將圍我乃行成將盟晉人為書曰鄭國不唯晉命是聽有如此盟騑曰天禍鄭國使介居二大國之間大國不加德音而亂以要之使其鬼神不獲歆其禋祀人民不獲享其土利夫婦辛苦墊隘無所底告令日既盟之後鄭國不唯有禮與強可以庇民者是從而敢有異志亦如之晉人不得已而盟復以諸侯伐我而去嘉欲擊晉師舍之止之冬楚子伐我騑欲及楚平嘉與蠆曰與大國盟口血未乾而背

之若何騑舍之曰吾盟固云乃及楚平三年夏輒及楚公子貞伐宋衛侯救宋舍之曰必伐衛以明與楚使皇耳侵衛衛人獲皇耳輒又與楚侵魯魯仲孫蔑曰鄭執政將有大咎師競甚矣秋晉侯以諸侯伐我師于首止尉止與騑有怨師羣不逞以作亂殺騑發輒三大夫嘉知而匿之故免嘉當國諸侯城虎牢而戍之晉師城梧及制士魴魏絳戍之乃及晉平楚貞來救宵涉潁與楚人盟諸侯之師侵我北鄙而歸諸大夫患晉楚之故皆

曰楚弱於晉晉不吾疾也晉疾楚將辟之能使晉師致死於我楚不敢敵則可固與矣舍之曰與宋為惡諸侯必至吾從之盟楚師至吾又從之則晉怒甚矣晉能驟來楚將不能吾乃固與晉大夫說使疆埸致惡於宋四年春宋向戌侵我大獲夏舍之侵宋諸侯圍我秋及諸侯盟于亳楚子秦師來伐我我逆而與之伐宋諸侯復來伐我乃使良霄石㚟如楚告曰孤以社稷之故不能懷君君若能以玉帛綏晉不然則武震以攝威之孤之願

也楚人執之乃行成于晉冬公會諸侯于蕭魚晉人歸鄭因納斥侯禁侵掠十一年冬公會諸侯圍齊公孫蠆良霄公孫黑肱行嘉舍之公孫夏守嘉謀去諸大夫將叛晉而起楚師以圖之楚令尹午帥師伐我二子知其謀完守入保嘉不敢應楚無功而還十二年國人討尉止及楚師之難嘉以甲自守舍之夏率國人伐而殺之逐其黨子革子良皆奔楚立公孫僑為卿十七年秋諸侯會于夷儀將伐齊冬楚子以諸侯之師伐我以救齊

當陳隧者井堙木刊鄭人怨之十八年夏舍之僑以車七百乗入陳命師無入公宫陳侯免擁社使其衆男女别而纍以待於朝賂我以宗器舍之執縶而見再拜稽首承飲以獻僑入數俘而出祝祓社司徒致民司馬致節司空致地乃還冬公如晉拜陳之功夏復伐陳取成而還許人有怨於我十九年秋許靈公如楚請師而卒于楚楚子曰不伐鄭何以求諸侯冬楚子來伐僑曰晉楚將平楚王於是昧於一來不如使逞而歸乃易成也

舍之説不禦寇楚獲九人而歸二十年良霄會晉楚及諸侯之大夫盟于宋既盟公享趙武于垂壠大夫七人皆從武請賦以觀其志退而告人曰皆數世之主也良霄賦鶉之奔奔武曰是將為戮二十一年秋使游吉如楚及漢楚人辭之而要公吉還以告舍之舍之曰楚不修政德而貪昧於諸侯以逞其私願欲久得乎君其往也送葬而歸以快楚心楚不十年未能恤諸侯也吾乃休吾民矣九月游吉如晉告朝于楚公如楚楚康王卒

二十二年舍之卒其子虎即位鄭饑虎以父命餼國人粟户一鍾是以得鄭國之民故罕氏世掌國政以為上卿良霄將使公孫黑如楚黑不願强使之黑將攻之大夫和之盟而止裨諶曰禍未歇也必三年而後紓二十三年夏公及大夫盟良霄又將使黑如楚霄嗜酒七月黑及其醉伐之醒而奔許公盟大夫於太宫盟國人于師之梁霄自墓門之竇入駟帶率國人攻而殺之罕虎以政授國僑僑為政一年輿人誦之曰取我衣冠而褚

之取我田疇而伍之孰殺子產吾其與之及三年又誦之曰我有子弟子產誨之我有田疇子產殖之子產而死誰其嗣之二十四年夏公如晉使印段如楚以適晉告二十五年楚令尹圍娶于公孫段氏國人懼其襲我使行人暈辭焉楚人知其有備請垂櫜而入乃許之黑與公孫楚爭室婦人欲從楚黑櫜甲以見楚將殺之楚擊之傷大夫畏黑為之放楚於吳六月公及大夫盟于公孫段氏六卿私盟于薰隧黑强與於盟書曰七子晉

趙武死公往吊之趙氏辭及雍而復二十六年黑將作亂欲去游氏而代其位傷疾作而不果大夫數其罪戮之二十七年秋罕虎如晉告將適楚冬公如楚楚子及公田於江南二十八年僑作丘賦國人謗之三十年春僑鑄刑書晉叔向以書非之不聽士文伯曰火未出而作火以鑄刑器火見鄭其灾乎六月丙戌鄭灾三十六年簡公卒子定公寧立元年秋公會諸侯于平丘僑爭承晉人許之罕虎卒僑哭之曰吾已無為為善矣惟夫

子知我四年晉韓起來聘求賈人之玉僑辭焉起以玉與馬私覿於僑而謝之四年冬有星孛於大辰西及漢裨竈謂僑曰宋衛陳鄭將同日火若我用瓘斝玉瓚鄭必不火僑弗與六年五月壬午宋衛陳鄭災三日哭國不市裨竈曰不用吾言鄭又將火鄭人請用之子產不可亦不復火八年僑卒孔子聞之出涕曰古之遺愛也史記聲公五年子產卒後此二十六年今以左氏為信十二年公如晉游吉相與范鞅言及王子朝之亂鞅曰若王室何吉曰老夫其國

家不能恤敢及王室王室之不寧晉之耻也鞅懼與韓
起謀而納王十六年定公卒子獻公薑立二年晉頃公
卒游吉弔且送葬晉人以其無貳詰之對曰晉之喪事
敝邑之間寡君有所助執紼矣若其不間雖士大夫有
不足也靈王之喪我先君簡公在楚印段實往王吏不
討恤所無也今曰女盍從舊舊有豐有省不知所從從
其豐則寡君幼弱從其省則吉在此矣晉不能詰十年
正月游速帥師滅許周儋翩率王子朝之徒將因我以

作亂于周我爲之伐馮滑胥靡負黍狐人闕外二月晉人使魯來討取匡十一年公及齊侯盟於鹹始叛晉十三年獻公卒子聲公勝立鄭益弱駟歂殺鄧析而用其竹刑君子罪之元年游速會齊侯衛侯于安甫二年及魯平五年冬晉范氏中行氏既出奔復入我師助之晉人敗我于百泉六年宋平元之族自蕭來奔㚒罕達敗宋師于老丘八年齊人輸粟于范氏罕達駟弘送之晉趙鞅伐我戰于鐵我師敗績十三年春宋師侵我宋鄭

自此連歲相侵爭邊邑至十九年以所爭邑為墟乃止二十六年晉荀瑶伐我取九邑三十三年荀瑶復伐我齊田恒來救晉師還三十七年聲公卒子哀公錫立八年鄭人弑公而立聲公之弟丑是為共公三十年共公卒子幽公已立元年韓伐我殺幽公鄭人立幽公之弟駘是為繻公（年表云幽公子）十五年韓來伐取雍邱城京十六年伐韓敗之於負黍二十年韓魏趙列為諸侯二十三年圍韓陽翟二十五年殺相子陽二十七年子陽之黨

弒繻公而立幽公之弟乙是為鄭君二年貿黍反復歸於韓十二年韓伐我取陽城二十一年韓哀侯滅鄭

蘇子曰鄭之諸公桓武之後惟莊公為賢然其為人喜權而任數桓武之風衰焉叔段之亂諸大夫皆欲早為之所莊公之明足以制之然釋而不問俟其惡成而後加之以大戮此非不忍於弟益忍之至也孔子深探其心故書曰鄭伯克段于鄢而邱明謂之鄭志益謂此也周平王桓王貳於虢公莊公既質王子取麥禾矣則又

率齊而朝之伐宋而説之政不可得於是兵交中原射王中肩烏乎其攸心發於中卒不可益如此鄭自莊公始畏楚穆襄之後無歲不被晉楚之兵子駟子展為政不知所出惟其來者與之鄭幾於亡及晉悼公三師諸侯以獘楚師楚不能爭而子產受之以禮自固雖晉楚之暴不能加焉詩云誰能執熱逝不以濯又曰無競維人四方其訓之吴季札過鄭謂子產政將及子子為政必慎以禮不然鄭國將敗子產用之鄭以復安如季子

可謂知務矣哉

古史卷十八

欽定四庫全書

古史卷十九

宋 蘇轍 撰

越世家第十二

越王句踐其先禹之苗裔夏后少康之庶子也封於會稽謂之越子斷髮文身披草萊而邑焉（或謂越祝融之後芈姓故史伯告鄭桓公曰芈姓䕫越不足命也史記以越為禹後姒姓未知孰是）其先二十餘世不通於諸侯與吴為鄰世相攻戰至於允常吴王闔閭立五年始舉兵伐之春秋謂之於越魯史墨聞之曰越得歲

而吳伐之不及四十年吳將不免闔閭十年克楚入郢越聞之入吳吳亦敗於秦楚而歸允常卒子句踐立時闔閭之十九年也越王句踐元年闔閭因其喪伐之句踐禦之陳于檇李患吳之整也使死士再禽焉不動使罪人三行屬劒于頸曰二君有治臣奸旗鼓不敢逃死遂自剄也師屬之目因而伐之大敗吳師闔閭傷指而卒其子夫差日夜勒兵且以報越三年越欲先吳未發往伐之大夫范蠡諫曰不可臣聞兵者凶器也戰者逆

德也爭者事之末陰謀逆德好用凶器試身於所末上帝禁之行者不利越王曰吾已決之矣遂興師吳王悉發精兵擊越敗之夫椒遂入越越王以甲楯五千保於會稽謂范蠡曰以不聽子故至此為之奈何范蠡對曰甲辭厚禮以遺之不許而身與之市越王許諾乃使大夫種因太宰嚭以行成於吳膝行頓首曰君王亡臣句踐使陪臣種敢告下執事句踐請為臣妻為妾吳王將許之伍員言於吳王曰天以越賜吳勿許也種還以報

越王越王欲殺妻子燔寶器觸戰以死種止之曰吳太宰嚭可誘以利請間行言之於是越王乃以美女寶器令種間行獻嚭嚭受之乃見種於吳王種頓首言曰願大王赦句踐之罪盡入其寶器不幸不赦句踐將盡殺其妻子燔其寶器悉五千人觸戰必有當也嚭因說吳王越已服為臣若將舍之此國之利也吳王將許之伍員進諫曰今不滅越後必悔之句踐賢君種蠡良臣若反國將為亂吳王弗聽卒赦越罷兵而歸越王之困會

稽也喟然歎曰吾終於此乎種曰湯繫夏臺文王囚羑
里齊小白奔莒晉重耳奔狄其卒王伯何遽不為福乎
及其反乃苦身焦思置膽於坐坐卧即仰膽飲食亦嘗
膽也曰汝忘會稽之恥耶身自耕作夫人自織食不加
肉衣不重采折節下賢厚遇賓客振貧弔死與百姓同
其勞欲使范蠡治國政蠡曰兵甲之事種不如蠡鎮撫
國家親附百姓蠡不如種於是舉國政屬大夫種而使
范蠡與大夫拓稽為質於吳五年而吳歸蠡九年越王

自會稽歸七年矣其士民皆欲用以報吴大夫逢同諫
曰國新流亡今乃復殷給繕飾備利吴必懼懼則難必
至且鷙鳥之擊也必匿其形今夫吴兵加齊晉怨結楚
越名高天下實害周室德少而功多必淫自矜為越計
莫若結齊親楚附晉以厚吴吴志廣必輕戰是我連其
權三國伐之越承其弊可克也越王曰善十一年吴王
伐齊十三年將復伐齊越王率其衆朝焉王及列士皆
有饋賂吴人皆喜唯伍員懼諫弗聽遂伐齊敗之而歸

殺伍員而任嚭以政越王召范蠡曰吳已殺子胥導諛者衆可乎對曰未可十四年吳會魯槖臯十五年吳會晉黄池吳精兵從王惟老弱與太子守越王復問范蠡蠡曰可矣夏六月丙子伐吳為二隧疇無餘謳陽自南方先及郊吳太子友王子地王孫彌庸壽於姚自泓上觀之彌庸見姑蔑之旗曰吾父之旗也不可以見讎而弗殺也屬徒五千王子地助之乙酉戰彌庸獲疇無餘地獲謳陽越王至王子地守丙戌復戰大敗獲太子友

彌庸壽於姚丁亥入吳吳王歸自黃池使人厚賂以請成越自度亦未能滅吳乃與吳平十九年越復伐吳吳士民罷弊輕鋭死於齊晉遇於笠澤夾水而陳越為左右句卒使夜或左或右鼓譟而進吳師分以禦之越以三軍潛涉當吳中軍而鼓之吳師大亂遂敗之二十一年越圍吳二十三年始聘於魯二十四年夏納邾隱公邾太子革來奔吳王夫差棲於姑蘇之山使公孫雄請成於越肉袒膝行而前曰孤臣夫差敢布腹心異日嘗

得罪于會稽夫差不敢逆得與君王成以歸今君王舉
玉趾而誅孤臣惟命是聽意者亦如會稽之赦孤臣之
罪乎越王不忍欲許之范蠡曰會稽之事天以越賜吳
吳不取今天以吳賜越越其可逆天乎且夫君王蚤朝
晏罷非為吳耶謀之二十二年一旦而棄之可乎天與
弗取反受其殃伐柯者其則不遠君忘會稽之厄乎越
王曰吾欲聽子不忍其使者范蠡乃鼓進兵曰王已屬
政於執事使者去不者且得罪使者泣而去十一月遂

滅吳夫差自殺越王葬之史記越王葬吳王而誅太宰嚭嚭之罪誅之固當然左傳哀公二十四年公如越得太子適郢將妻公而多與之地公孫有山告于季孫季孫懼使因太宰嚭而納賂乃止滅吳後二年嚭尚在則越未嘗誅嚭也越王已平吳乃以兵北渡淮與諸侯會于徐州致貢於周周元王使人賜越王胙命為伯越乃以淮北地與楚歸吳所侵宋地於宋與魯泗東方百里當是時越兵橫行於江淮東諸侯畢賀號稱伯王范蠡遂去自齊遺大夫種書曰蜚鳥盡良弓藏狡兎死走狗烹越王為人長頸鳥喙可與共患難不可與共樂

子何不去種見書稱病不朝人或讒種且作亂越王乃
賜種劍曰子教寡人伐吳七術寡人用其三而敗吳其
四在子子為我從先王試之種遂自殺二十五年秋魯
哀公使叔青來聘使諸鞅報聘於魯二十六年魯哀公
來朝二十七年衛出公在城鉏使其祝史揮來請師以
伐衛二十八年夏使臯如后庸帥師會宋魯之師以納
衛侯取賂弗克納而還衛侯來奔遂死于越二十九年
春使后庸聘于魯且言邾田封于駘上秋魯哀公來奔

王句踐卒左傳史記皆不記句踐之年然史記稱越王元年闔閭聞允常死興師伐越敗於槜李令據此而求之春秋以次句踐之年然卒不知其卒之年矣子王鼫與立王鼫與卒子王不壽立王不壽卒子王翁立王翁卒子王翳立王翳卒子王之侯立王之侯卒子王無彊立無彊興師北伐齊西伐楚與中國爭彊當楚威王時越方伐齊齊宣王使人説越王曰越不伐楚大不王小不伯圖越之所以不伐楚者為不得晉也韓魏固不攻楚韓之攻楚覆其軍殺其將則葉陽翟危魏亦覆其軍殺其將則陳上蔡

不安故二晉之事越不至於覆軍殺將汗馬之力不效所重於得晉者何也越王曰所求於晉者不至於頓兵接刃而況攻城圍邑乎願魏以聚大梁之下願齊之試兵南陽莒地以聚常郯之境則方城之外不南淮泗之間不東商於析酈宋胡之地夏路以左不足以備秦江南泗上不足以待越矣則齊秦韓魏得志於楚也是二晉不戰而分地不耕而穫之不此之為而頓刃於河山之間以為齊秦用所待者如此其失計奈何其以此王

也齊使者曰幸也越之不亡也吾不貴其用智之如目
見毫毛而不見其睫也今王知晉之失計而不自知越
之過是目論也王所待於晉者非其馬汗之力也又非
可與合軍連和也將待之以分楚衆也今楚衆已分何
待於晉越王曰柰何曰楚三大夫張九軍北圍曲沃於
中以至無假之關者三千七百里景翠之軍北聚魯齊
南陽分有大於此者乎且王之所求者鬭晉楚也晉楚
不鬭越兵不起是知二五而不知十也此時不攻楚臣

是以知越大不王小不伯復讎龐長沙楚之粟也索隱復猶言況復也讎當作犨犨龐長沙三邑也竟澤陵楚之材也越窺兵通無假之關此四邑者不上貢事於郢矣臣聞之圖王不成其弊可以伯而不伯者王道失也故願大王之轉攻楚也於是越遂釋齊而伐楚楚威王興兵而伐之大敗越殺王無彊盡取故吳地至浙江北破齊於徐州而越以此散諸族子爭立或為王或為君濱於江南海上服朝於楚後七世至閩君搖佐諸侯平秦漢高帝復以搖為越

王以奉越後東越閩君皆其後也

蘇子曰吳以蠻夷爭盟上國陵蔑齊晉結怨楚越再世而亡何者地遠而民勞勢不順也越王句踐既克夫差雖號伯王而實歛兵自守無大征伐分吳故土以畀楚宋魯遂以保國傳世彼親見其害知所以自監矣哉至王無彊無闔閭之知而有夫差之愚其殘國宜矣昔楚莊王克陳宋鄭力能取之而不有諸侯安之而楚遂以興靈王大城陳蔡不羹經營中夏貪而不止則身受其

谷蓋東南之常勢於是可見矣自東晋以來至於陳皆
國於吳越之墟成敗之迹無不然者雖桓温劉裕善用
兵或能一勝而民以罷弊訖於無成至殷浩庾亮蓋不
足數也如謝安之賢猶勉彊北征失策而死亦眩於其
名而未安其實故耶嗟夫謀國如蔡謨吾有取焉

古史卷十九

欽定四庫全書

古史卷二十

宋　蘇轍　撰

趙世家第十三

趙氏之先與秦共祖至中衍為帝大戊御其後世蜚廉有子二人其一曰惡來事紂為周所殺其後為秦其二曰季勝其後為趙季勝生孟增孟增幸於周成王是為宅皋狼皋狼生衡父衡父生造父造父幸於周穆王得八駿馬獻之穆王穆王使造父御欲周行天下將皆必

有車轍馬迹史記言造父取驥之乘匹與桃林盜驪驊騮騄耳獻之穆王為穆王御以見西王母事近於誕故不錄而取鄭丹言穆王事足之而徐偃王反穆王馳歸攻徐大破之乃賜造父以趙城由此為趙氏自造父以下六世至奄父曰公仲周宣王時伐戎為御及千畝戰奄父脫宣王奄父生叔帶周幽王無道去周如晉事晉文侯始建趙氏于晉趙宗益興五世而生趙夙晉獻公十六年伐霍伐魏伐耿滅之皆趙夙御戎霍公求奔齊晉大旱卜之霍太山為祟使夙召霍君於齊復之以奉霍太山

之祀晉復穢獻公賜夙耿夙生共孟共孟生成子衰衰字子餘杜預曰趙夙趙衰兄未詳孰是卜事晉獻公及諸公莫吉卜事公子重耳吉即事重耳重耳以驪姬之難亡奔翟成子從之翟伐廧咎如得二女以其少女妻重耳長女妻成子生盾重耳亡十九年而反國為晉文公文公更以姬氏妻成子生同括嬰齊及狄人歸季隗趙姬亦請逆盾與其母既至姬以盾為才固請于公以為適子而以叔隗為內子文公二年克原問誰可守者寺人敦鞮曰趙

衰以壺飧從徑餒而弗食乃以成子爲原大夫四年謀
元帥成子曰郤縠可將以成子爲卿讓於欒枝先軫八
年蒐于清原作五軍乃以成子爲卿晉襄公六年成子
卒盾代任國政是爲宣子七年襄公卒宣子欲立文公
子雍不克更立襄公太子夷皐是爲靈公宣子修明典
法晉國以治賈季在狄狄人問趙衰盾孰賢賈季曰趙
衰冬之日也趙盾夏之日也靈公立十四年侈而虐宣
子驟諫公患之使鉏麑賊之宣子盛服將朝坐而假寐

麑歎其忠敬不忍害而自殺公又伏甲而飲宣子宣子
知之趙出公使猛犬噬之其車右提彌明殺犬戰而死
公徒有嘗餓于翳桑宣子見而食之弃以食遺其母者
倒戈以出宣子宣子出奔族子穿攻靈公弒之宣子未
出山而復故太史書曰趙盾弒其君宣子乃立襄公弟
黑臀是為成公成公始以卿之適子為公族餘子為餘
子庶子為公行宣子請以括為公族而已為旄車曰括
君姬氏之愛子也微君姬氏臣狄人耳成公許之宣子

卒子莊子朔嗣史記晉景公時趙盾卒子朔嗣案左傳晉宣公八年亦晉成公之八年也書晉胥克有蠱疾郤缺為政廢胥克使趙朔佐下軍郤缺為政而趙朔為卿則盾已死矣非景公之時也景公成公子後此二年始亡　晉景公三年莊子將下軍及卒子文子武嗣

初嬰齊通于莊姬莊姬景公之姊也十四年同括放嬰齊于齊莊姬怨之譖之景公曰同括將為亂十七年誅同及括武尚幼從姬氏畜于公宫以其田與祁奚韓厥少畜于宣孟言於景公曰成季之勲宣孟之忠而無後為善者懼矣乃立武而反其田史記晉景公三年大夫屠岸賈欲誅趙氏韓厥

告趙朔趣亡朔不聽遂殺朔及同括嬰齊朔妻晉成公姊有遺腹走公宮生武朔友人程嬰公孫杵臼以計脫武得嗣趙氏今按左傳景公三年朔方將下軍拒楚于邲十二年晉作六軍括始為卿十四年乃放嬰齊十七年禍作而武已生畜于公宮韓厥為言而復歸其田耳其事皆有本末不可誣也且趙氏大宗非其家亂倚公室而去之勢不能動豈一大夫屠岸賈所能滅予春秋之後好事者喜立異說如公羊鄒叔衛吳語黃池之會其類皆不可信今太史公信此亦已妄矣　晉悼公立文子始為卿十三年超將上軍平公十年遂為正卿薄諸侯之幣而重其禮諸侯說之十二年會楚屈建及諸侯之大夫于宋以弭諸侯之兵楚人衷甲文子不與較楚不敢動楚人又欲先

歅文子亦不爭諸侯貴之十七年復會楚公子圍及諸
侯之大夫盟于虢文子於是年未五十耄而語媮周劉
夏魯叔孫豹秦公子鍼與醫和皆知其將死歲終而卒
子景叔成嗣晉平公非賢君也文子相之八年能以禮
與信結諸侯以無失伯文子死晉遂衰景叔卒子簡子
鞅嗣晉頃公九年簡子會諸侯之大夫于黃父謀納周
敬王明年王入于周十二年六卿滅公族祁氏羊舌氏
而分其邑晉公室由此益弱十三年簡子及荀寅城汝

濱遂賦晉國一鼓鐵以鑄刑鼎著范宣子所爲刑書孔子譏之晉定公十年將盟衛侯簡子使涉佗成何往衛侯請執牛耳二子捘衛侯之手衛侯怒遂叛晉十一年魯陽虎來奔簡子納而用之十五年簡子謂邯鄲午曰歸我衛貢五百家將置之晉陽午許諾歸而父兄不聽簡子召午殺之趙稷涉賓以邯鄲叛使籍秦圍邯鄲荀寅范吉射午之姻也不與圍午將作亂董安于請備之七月范中行氏伐趙氏之宮簡子奔晉陽晉人圍之韓

不信惡寅魏曼多惡吉射荀躒嬖梁嬰父欲以爲卿范皐夷無寵於吉射亦欲作亂謀以嬰父代寅而以皐夷代吉射荀躒言於晉侯曰君命大臣始禍者死今三臣始禍而獨逐鞅刑已不鈞矣請皆逐之逐以君命伐范中行氏二子反伐公敗奔朝歌韓魏爲趙氏請十二月盟而入梁嬰父惡董安于謂荀躒曰不殺安于趙氏必得晉國盍以其發難也討之躒以告簡子簡子患之安于曰我死而晉國寧趙氏定將焉用生乃縊而死趙氏

杞之于廟十九年夏簡子帥師納衛世子蒯聵于戚秋
齊人輸范氏粟鄭人送之簡子禦之于戚大敗之二十
年簡子圍朝歌荀寅奔邯鄲二十一年簡子圍邯鄲寅
奔鮮虞齊人納寅于柏人二十二年圍柏人寅吉射出奔
齊趙遂有邯鄲柏人雖名晉卿實專晉權奉邑侔於諸
侯三十年晉會吳于黄池爭長未決而越入吳簡子謂
司馬寅曰日旰矣大事未成二臣之罪也建鼓整列二
臣死之長幼必可知也吳以越難不能久乃先晉衛莊

公入而不朝于晉三十四年夏簡子伐衛齊救之師還冬復伐衛將入其城簡子止之曰怙亂滅國者無後衛人出莊公而立般師乃還趙氏有直臣周舍舍死簡子每聽朝常不樂大夫問焉簡子曰諸大夫朝徒聞唯唯不聞周舍之鄂鄂吾是以憂也晉人悅之有姑布子卿者善相人簡子使相諸子曰無為將軍者至子毋恤曰此將軍矣簡子曰此其母賤翟婢耳對曰天之所命雖賤必貴簡子因此盡召諸子與語毋恤果賢後又告諸

子吾藏寶符常山上先得者賞諸子爭往無所得毋恤還曰已得符矣簡子曰奏之毋恤曰從常山上臨代代可取也簡子於是知毋恤果賢乃廢世子伯魯而以毋恤為世子三十六年簡子卒毋恤嗣左傳魯哀公二十年晋定公之三十七年也是歳越圍吳趙襄子降喪食然則簡子死三年喪未終也而史記稱定公三十七年卒簡子除三年之喪此說既已謬矣又稱出公十一年簡子疾使太子毋恤與知伯伐鄭十七年簡子卒襄子元年越圍吳使楚隆問吳王荅出公定公之子也使簡子之死實出公十七年則非吳滅之歳使襄子實弔吳王則簡子之死前此矣進退不可考據故其記簡子多十八年記襄子少十八年言襄子在位凡三十三年而已今定以左氏為

本仍以越圍吳之歲為襄子元年而推次襄子行事之年故襄子在位凡五十一年也　三十七年越圍吳襄子降於喪食楚隆曰三年之喪親暱之極也主又降之無乃有故乎襄子曰黄池之會先主與吳王有質曰好惡同之今越圍吳嗣子不廢舊業而敵之非晉之所及也吾是以為降隆曰盍使吳王知之乃使隆徃弔焉襄子姊前為代王夫人簡子既葬未除喪與代王會夏屋使厨人操銅斗以食代王陰以斗擊殺之及其從官遂興兵平代地其姊聞之泣而呼天磨笄自殺

代人憐之所死地名之為磨笄之山遂以代封伯魯子周為代成君晉出公十三年襄子從荀瑤伐鄭門于桔柣之門瑤謂襄子入之對曰主在此瑤曰惡而無勇何以為子對曰以能忍恥庶無害趙宗乎襄子由此怨知氏十七年知氏與趙韓魏盡分范中行故地出公怒欲以齊魯伐四卿四卿恐共攻出公出公奔齊道死（是年四卿分地見晉世家而六國年表在晉哀公三年趙世家云襄子之四年益太史公不能正簡襄亡立之年故於年表還就其事尤為乖舛今簡襄之年既正則分邑之年以晉世家為允）四卿乃立昭公曾

孫驕是為哀公荀瑶專决晋國之政四年請地韓魏韓魏與之請地趙趙以圉鄭之怨不與瑶怒陰約韓魏將以伐趙襄子召張孟談戰國策作張孟談史記作孟同蓋太史公以其父名改之耳而告之曰知伯請地三家而吾獨弗與其移兵伐我必矣吾安居而可張孟談曰夫董安于簡主之才臣也世治晋陽其餘政教猶存其必居晋陽襄子曰諾發車騎趨晋陽城郭府庫倉廩兵甲既具而三家之兵至三月不能拔舒兵而圍之决晋水以灌其城城不沉者三版

城中巢居懸釜易子而食羣臣皆有外心禮益慢惟高共不敢失禮襄子懼乃夜使張孟談私於韓魏韓魏與趙合謀殺守堤之吏決水以灌瑶軍瑶救水軍大亂三家交攻之遂禽瑶而分其地史記趙簡子疾五日不知人醫扁鵲視之曰非病也昔秦穆公嘗如此寤將有所言矣居二日半簡子寤告諸大夫曰我之帝所甚樂因言夢所見董安于記之皆驗於後益滅范中行立襄子及取代皆兆於夢矣及襄子奔晉陽原過見三人得竹書以遺襄子自稱霍太山亦言滅知伯及武靈王胡服之事此皆戰國好事者所為雜說無所考證存之無益於治亂而有無不可知非為國之要不可載之世家故獨載簡子事於扁鵲傳而已於是襄子行賞高共為上

張孟談曰晉陽之難惟共無功襄子曰方晉陽急羣臣皆懈惟共不敢失人臣禮是以先之於是趙北有代南幷知氏彊於韓魏襄子娶空同氏生五子為伯魯之不立也不肯立子必欲傳伯魯子代成君代成君先死乃立其子浣為太子襄子在位五十一年而卒浣立是為獻侯獻侯少即位治中牟此非今之中牟今之中牟非趙地春秋傳曰衛侯如晉過中牟蓋趙自有中牟耳襄子弟桓子逐獻侯自立於代一年卒國人曰桓子立非襄子意乃殺其子而復迎立獻侯十年

中山武公初立史記中山事分散數處於此言中山武公初立類始建國者於魏文侯十七年記伐中山使子擊守之於樂羊既取中山其後中山復國至趙武靈王時復滅中山然戰國策言犀首立五王齊王羞與中山並王犀首與趙武靈時不甚遠或曰中山古鮮虞姬姓竟未詳其實也徐廣曰中山武公西周桓公之子也桓公者孝王弟而定王子也不知廣何自得此説然是時周衰已甚亦安能使其子弟據中山乎十三年城平邑十五年獻侯卒子烈侯籍立六年趙韓魏始立為諸侯追尊獻子為獻侯烈侯好音謂相國公仲連曰寡人有愛可以貴之乎公仲曰富之可貴之則否烈侯曰然鄭歌者槍石二人吾賜之田人万畝

公仲曰諾不與居一月烈侯從代來問歌者田公仲曰求未有可者有頃烈侯復問公仲終不與乃稱疾不朝番吾君自代來謂公仲曰君實好善而未知所持君相趙於今四年矣亦有進士乎曰未也番吾君曰牛畜荀欣徐越皆可公仲乃進三人及朝烈侯復問歌者田何如公仲曰方使擇其善者牛畜侍烈侯以仁義約以王道烈侯逌然明日荀欣侍以選練舉賢任官使能明日徐越侍以節財儉用察度功德所養無不充君説使謂

相國歌者之田且止官牛畜為師荀欣為中尉徐越為
內史賜相國衣二襲九年烈侯卒弟武公立武公十三
年卒趙人立烈侯太子章是為敬侯敬侯元年武公子
朝作亂不克出奔魏趙始都邯鄲二年敗齊于靈丘三
年救魏于廩丘大敗齊人四年魏敗我兔臺築剛平以
侵衛五年齊魏為衛攻趙取我剛平六年借兵於楚伐
魏取棘蒲八年拔魏黄城九年伐齊齊伐燕趙救燕十
年與中山戰房子十一年魏韓趙共滅晋分其地伐中

山又戰於中人十二年敬侯卒子成侯種立成侯元年公子勝與成侯爭立為亂二年六月雨雪三年大戊午為相伐衛取鄉邑七十三魏敗我藺四年與秦戰高安敗之五年伐齊于鄄攻鄭敗之以與韓韓與我長子魏惠王與公中緩爭國成侯與韓因其亂伐之敗之濁澤圍魏惠王六年中山築長城魏敗我懷（成侯五年魏惠王之元年也則濁澤之圍當在五年史記在六年誤矣魏惠王既定位二年敗趙于懷敗韓于馬陵據韓魏世家年表並同而趙世家在五年亦誤今並正之）七年侵齊至長城與韓攻周八年與韓

分周以為兩九年與齊戰阿下十年攻衛取甄十一年秦攻魏趙救之石阿十二年秦攻魏少梁趙救之十三年魏敗我澮取皮牢成侯與韓昭侯遇上黨十四年與韓攻秦十五年助魏攻秦十六年與韓魏分晉封晉君以端氏敬侯十一年三國已滅晉分其地矣至此復分晉者必有餘地昔所未分耳十七年成侯與魏惠王遇葛孽十九年與齊宋會平陸與燕會阿二十年魏獻榮椽因以為檀臺二十一年魏圍我邯鄲二十二年魏拔我邯鄲二十四年魏歸我邯鄲與魏

盟漳水上秦攻我藺二十五年成侯卒公子緤與太子
爭立緤敗亡奔韓太子立是為肅侯元年奪晉君端氏
徙處屯留二年與魏惠王遇於陰晉三年公子范襲邯
鄲不勝死四年朝天子六年攻齊拔高唐七年公子刻
攻魏首垣十年秦使商鞅伐魏虜其將公子卬趙伐魏
十五年起壽陵十六年肅侯游大陵出於鹿門大戊午
扣馬曰耕事方急一日不作百日不食肅侯下車謝蘇
秦自燕來言六國約從以擯秦肅侯從之以車百乘黃

金千鎰白璧百雙錦繡千純使秦東約諸侯十七年圍
魏黃不克秦以公孫衍為大良造説齊魏謀共伐趙以
敗從約十八年齊魏伐我我決河水灌之兵去肅侯以
讓蘇秦秦恐遂去趙而從約解二十二年張儀相秦趙
疵與秦戰敗秦殺疵河西取我藺離石二十三年韓舉
與齊魏戰死于桑丘二十四年肅侯卒子武靈王立秦
楚燕齊魏出鋭師各萬人來會葬武靈王元年陽文君
趙豹相梁襄王與太子嗣韓宣王與太子倉來朝信宮

武靈王少未能聽政博聞師三人左右司過三人及聽政先問先王貴臣肥義加其秩國三老年八十月致其禮三年城鄗四年與韓會區鼠五年娶韓女為夫人八年使國人謂侯曰君時五國相王趙獨否曰無其實敢有其名乎齊宣王九年魏襄王元年會於徐州始相王後十一年秦惠文王始稱王明年韓宣惠王燕易王始稱王至此五年趙猶不稱王然卒不見趙稱王之年豈自惠文始而追謚武靈王李兌約五國伐秦無功罷於成皋欲陰構於秦以解其怨楚與韓魏將應之齊弗欲齊王令公孫衍以攻宋說李兌李

兑報齊王曰臣之所以堅三晋以攻秦者欲以使攻宋也而宋置太子以為王下親其上而守堅臣是以欲足下之速歸休士民也今太子走諸善太子者皆有死心若復攻之其國必有亂此亦舉宋之時也臣已為足下使公孫衍説奉陽君曰君之身老矣封不可不早定也為君慮封莫若於宋他國莫可夫秦人貪韓魏危燕楚辟中山之地薄莫如於陰失今之時不可復得已宋之罪重齊之怒深殘亂宋得大齊定身封此百世一時也

臣願足下大發攻宋之舉而無庸致兵也蘇代亦爲齊謂奉陽君曰天下散而爭秦秦必據宋魏冉必妬君之有陰也秦王貪魏冉妬則陰不可得矣君無構齊必攻宋齊攻宋則楚必攻宋燕趙助之五國據宋不至一二月陰必得矣得陰而構秦雖有變則君無患矣奉陽君曰善乃絶和於秦而收齊魏以成取陰九年與韓魏共擊秦秦敗我斬首八万齊敗我觀澤十年秦取我西都及中陽燕相子之爲君君反爲臣齊破燕十一年王召

公子職於韓立以爲燕王樂池送之裴駰曰案燕世家子之死燕人共立公子平是爲燕昭王無趙送公子職爲燕王之事當是趙聞燕亂遥立職爲燕王雖使樂池送之竟不能就也

十三年秦拔我藺虜將軍趙莊楚魏王來過邯鄲十四年趙何攻魏十六年王游大陵夢處女鼓琴而作詩曰美人熒熒兮顔若苕之華命乎命乎曾無我嬴異日王飲酒樂數言所夢想見其狀吳廣聞之因夫人内其女娃嬴娃嬴孟姚也甚有寵是爲惠后十七年王出九門爲野臺以望齊中山之境十八年秦武王卒王使代相

趙固迎公子稷於燕送之秦立為昭王十九年春正月大朝信宮召肥義與議天下五日而畢王北畧中山之地至於房子遂之代北至無窮西至河登黄華之上召樓緩謀曰我先王因世之變以長南藩之地阻漳滏之險立長城又取藺郭狼敗林人於荏而功未遂今中山在我腹心北有燕東有胡西有林胡樓煩秦韓之邊而無彊兵之救奈何夫有高世之名必有遺俗之累吾欲胡服樓緩曰善羣臣皆不欲於是肥義侍王曰吾欲繼

襄主之業啟胡狄之鄉用力少而功多無盡百姓之勞而享前世之勳吾將胡服騎射以教百姓而世必議寡人奈何肥義曰臣聞疑事無功疑行無名王既定負遺俗之慮殆無顧天下之議矣夫論至德者不和於俗成大功者不謀於衆愚者闇成事智者覩未形王何疑焉於是遂胡服使王孫緤告公子成曰寡人胡服將以朝也亦欲叔服之家聽於親國聽於君古今之公行也子不反親臣不逆君兄弟之通義也今寡人作教易服而

叔不服吾恐天下議之也制國有常利民為本從政有
經令行為上明德先論於賤而行政先信於貴今胡服
之意非以養欲而樂志也事有所出而功有所止事成
功立然後善也今寡人恐叔逆從政之經以輔叔之議
且寡人聞之事利國者行無邪因貴戚者名不累故寡
人願慕公叔之義以成胡服之功使緤謁之叔請服焉
公子成再拜稽首曰臣固聞王之胡服也不佞寢疾不
能趨走是以不先進王今命之臣敢竭其愚忠臣聞之

中國者聰明徇知之所居也萬物財用之所聚也賢聖
之所教仁義之所施也詩書禮樂之所用也異敏技能
之所試也遠方之所觀赴也蠻夷之所義行也今王舍
此而襲遠方之服變古之教易古之道逆人之心而怫
學者離中國故臣願王圖之也使者以報王曰吾固聞
叔之疾也我將自往請之王遂往之公子成家因自請
之曰夫服者所以便用也禮者所以便事也聖人觀鄉
而順宜因事而制禮所以利其民而厚其國也夫剪髮

文身錯臂左衽甌越之民也黑齒彫題卻冠秫絀大吳之國也故禮服莫同其便一也鄉異而用變事異而禮易是以聖人果可以利其國不一其用果可以便其事不同其禮儒者一師而俗異中國同禮而教離況於山谷之便乎故去就之變智者不能一遠近之服賢聖不能同窮鄉多異曲學多辯不知而不疑異於已而不非者公於求善也今叔之所言者俗也吾所言者所以制俗也吾國東有薄洛之水與齊中山同之而無舟楫之

用自常山以至代上黨東有燕東胡之境而西有樓煩秦韓之邊而無騎射之備故寡人將聚舟楫之用求水居之民以守河薄洛之水變服騎射以備燕三胡秦韓之邊且昔者簡主實晉陽以及上黨而襄主幷戎取代以攘諸胡此愚智所明也先時中山負齊之彊兵侵暴吾地係累吾民引水圍鄗微社稷之神靈則鄗幾於不守也先王醜之而怨未能報也今騎射之備近可以便上黨之形而遠可以報中山之怨而叔順中國之俗以

逆簡襄之意惡變服之名以忘鄗事之醜非寡人之所望也公子成再拜稽首曰臣愚不達於王之義敢道世俗之聞臣之辠也今王將繼簡襄之意以順先王之志臣敢不聽命乎再拜稽首而賜胡服明日服而朝於是始出胡服令趙文趙造周袑趙俊皆諫止王毋胡服如故法便王曰先王不同俗何古之法帝王不相襲何禮之循處戲神農教而不誅黃帝堯舜誅而不怒及至三王隨時制法因事制禮法度制令各順其宜衣服器械

各便其用故禮世不必一道而便國不必古聖人之興也不相襲而王夏殷之衰也不易禮而滅然則反古未可非而循禮未足多也且服奇者志淫則是鄒魯無奇行也俗辟者民易則是吳越無秀士也且聖人利身謂之服便事謂之禮夫進退之節衣服之制者所以齊常民也非所以論賢者也故齊民與俗流賢者與變俱故諺曰以書御者不盡馬之情以古制今者不達事之變循法之功不足以高世法古之學不足以制今子不及

也遂胡服招騎射二十年王畧中山地至寧葭西畧胡地至榆中林胡王獻馬歸使樓緩之秦仇液之韓王賁之楚富丁之魏趙爵之齊代相趙固主胡致其兵二十一年攻中山趙袑為右軍許鈞為左軍公子章為中軍王并將之牛翦將車騎趙希并將胡代趙與之陘徐廣曰陘者山絶之名常山有井陘中山有苦陘也合軍曲陽攻取丹丘華陽鴟之塞王軍取鄗石邑封龍東垣中山獻四邑和王許之罷兵二十三年攻中山二十五年惠后卒使周袑胡服傅王

子何二十六年復攻中山攘地北至燕代西至雲中九原二十七年五月大朝於東宫傳國王子何是為惠文王王廟見禮畢出臨朝肥義為相國幷傅王王惠后吳娃子也武靈王自號為主父主父欲令子主治國而身胡服將士大夫西北畧胡地又欲從雲中九原直南襲秦於是詐自為使者入秦秦昭王不知已而怪其狀甚偉非人臣之度使人逐之而主父馳已脱關矣審問之乃主父也秦人大驚主父所以入秦者欲自畧地形因

觀秦王之為人也惠文王元年以公子勝為相封平原君二年主父行新地遂出代西遇樓煩王於西河而致其兵楚懷王自秦來奔弗内楚王之未入秦也或謂主父曰三晉合而秦弱三晉離而秦彊此天下之所明也秦之有燕而伐趙有趙而伐燕有梁而伐趙有趙而伐梁有楚而伐韓有韓而伐楚此亦天下之所明也然山東不能易其路兵弱也弱而不能相一是何楚之智山東之愚也虎將即禽禽不知虎之即已也而相鬭兩罷

而歸其死於虎使禽知虎之即已決不相鬬矣今山東之主不知秦之即已也而尚相鬬兩斃而歸其國於秦知不如禽遠矣願王熟慮之也今事有可急者秦之欲伐韓梁東闚周室甚惟寐忘之今南攻楚者惡三晉之大合也今其攻楚休而復之已五年矣攘地千餘里今謂楚王苟來舉玉趾而見寡人必與楚為兄弟之國必為楚攻韓梁反楚之故地楚王美秦之語怒韓梁之不救已必入於秦秦楚有謀故發使之趙以燕餌趙而離

三晉令主美秦之言而攻燕攻燕食未飽而禍已及矣楚王入秦秦楚為一東面而攻韓韓南無楚北無趙韓不待伐而西走秦與韓為上交秦禍安移於梁矣以秦之彊有楚韓之用梁不待伐而西走秦與梁為上交秦禍安環中趙矣以彊秦之有韓梁楚與韓之怒割必深矣此臣之所為來臣故曰事有可急為者及楚王之未入也三晉相親相堅出鋭師以戍韓梁西邊楚王聞之必不入秦秦必怒而循攻楚是秦禍不離楚也便於三

晉若楚王入秦見三晉之大合而堅也必不出楚王而
多割是秦禍亦不離楚也又利於三晉願王熟計之也
趙因起兵伐戎翟戎韓梁之西邊秦見三晉之堅也果
不出楚王而多求地三年滅中山遷其王於膚施還歸
行賞大赦置酒酺五日封長子章為代安陽君使田不
禮相之章素侈心不服其弟為王李兑謂肥義曰公子
章彊壯而志驕黨衆而欲大田不禮之為人也忍殺而
驕二人相得殆有私乎小人輕慮淺謀見利而忘害同

類相持俱入禍門以吾觀之必不久矣子任重而勢大亂之所始禍之所集也子奚不稱疾毋出傳政於公子成無為怨府無為禍梯肥義曰不可昔者主父以王屬我也曰無變而度無異而慮堅守一心以沒而世義再拜受命而籍之今畏不禮之難而忘吾籍變孰大焉進受嚴命退而不全負孰甚焉諺曰死者復生生者不愧吾言已在前矣吾欲全吾言安得全吾身乎子則有賜而忠我矣吾不敢失吾言也李兌曰諾子勉之矣吾見

子已今年耳涕泣而出兑乃數見公子成與謀備田不禮異曰肥義謂信期曰公子與田不禮甚可憂也吾聞之姦臣在朝國之殘也讒臣在中主之蠹也此人貪而欲大内得主而外爲暴矯令爲慢以擅一旦之命不難爲也禍且逮國自今以往若有召王者必見吾面我先以身當之無故而王乃入信期曰善哉吾得聞此也四年朝羣臣安陽君亦來朝主父從旁觀羣臣宗室之禮見長子章兆面屈於其弟心憐之初章嘗爲太子矣主

父得惠后愛之為不出者數歲生惠文王乃廢章而立之及惠后死愛弛憐故太子欲分趙而王章於代計未決而輟主父及王游沙丘異宫章即以其徒與田不禮作亂詐以主父令召王肥義先入殺之即與王戰公子成與李兊自國至起四邑之兵入距難敗公子章及田不禮滅其黨章之敗徃走主父主父開之成兊因圍主父宫章死成兊謀曰以章故圍主父即解兵吾屬夷矣乃遂圍主父令宫中人後出者夷宫中人悉出主父不

得食探爵鷇食之三月餘餓死沙丘宮成為相號安平
君兑為司寇王少成兑專政五年與燕鄚易八年城南
行唐九年趙梁將與齊合軍攻韓至魯關下十一年齊
秦自立為東西帝既而皆復為王董叔與魏伐宋得河
陽於魏秦取梗陽十二年趙梁將攻齊秦攻魏取安邑
諸侯皆賀趙王往賀三反不得通趙王憂之謂左右曰
以秦彊得安邑以制齊趙諸侯皆賀吾往賀而獨不得
通此必加兵於我為之奈何左右曰使者三往不得通

者必所使者非其人也諒毅者辯士也大王可試使之諒毅受命而往至秦獻書秦王曰大王廣地安邑諸侯皆賀寡君亦竊嘉之不敢寧居使下臣奉其幣物三至王廷而使不得通使若無罪願大王無絕其歡若使有罪願得請之秦王報曰吾所使趙國者小大皆聽吾言則受書幣若不從吾言則使者歸矣諒毅對曰下臣之來固願承大國之意也豈敢有難大王若有以令之請奉而行之無所敢疑於是秦王乃見使者曰平陽君平

原君數欺寡人趙能殺此二人則可若不能殺請令率諸侯受命邯鄲城下諒貇曰平陽君平原君親寡君之母弟猶大王之有華陽君涇陽君也大王以孝弟聞於天下衣服之便於體膳啗之嗛於口未嘗不分華陽君涇陽君華陽君涇陽君之車馬衣服無非大王之服御者臣聞之覆巢毀卵而鳳皇不翔刳胎焚夭而麒麟不至今使臣受大王之令以還報敝邑之君畏懼不敢不行無乃傷華陽君涇陽君之心乎秦王曰諾勿使從政

諒貇曰敝邑之君有母弟不能教誨以惡大王請黜之勿使與政事以稱大國秦王乃喜受其幣而厚遇之十三年韓徐將攻齊十四年相國樂毅將趙秦韓魏燕兵攻齊取靈丘與秦會中陽十五年燕昭王來見樂毅以五國兵共擊齊齊王敗走燕獨深入取臨淄十六年秦復與趙擊齊齊人患之蘇厲為齊遺趙王書曰足下之賢行功力非數加於秦也怨毒積怒非素深於齊也秦趙與國以彊徵兵於韓秦誠愛趙乎其實憎齊乎物之甚

者賢主察之秦非愛趙而憎齊也欲亡韓而吞二周故
以齊餤天下恐事之不合故出兵以劫魏趙恐天下畏
已也故出質以為信恐天下亟反也故徵兵於韓以威
之聲以德與國實而伐空韓臣以秦計為必出於此夫
物固有勢異而患同者楚久伐而中山亡今齊久伐而
韓必亡破齊王與六國分其利也亡韓秦獨擅之收二
周西祭踞秦獨私之賦田計功王之獲利孰與秦多說
士之計曰韓亡三川魏亡晉國市朝未變而禍已及矣

燕盡齊之北地去沙丘鉅鹿斂三百里韓之上黨去邯鄲百里燕秦謀王之河山間三百里而通矣秦之上郡近挺關至於榆中者千五百里秦以三郡攻王之上黨羊腸之西句注之南非王有已榆句注斬常山而守之三百里而通於燕代馬胡犬不東下昆山之玉不出此三寶者亦非王有已王久伐齊從彊秦攻韓其禍必至於此願王熟慮之且齊之所以伐者以事王也天下屬行以謀王也燕秦之約成而兵出有日矣五國三分王

之地齊倍五國之約而殉王之患西兵以禁彊秦秦歷帝請服反高平根柔於魏反巠分先俞於趙齊之事王宜為上交而今乃抵辠臣恐天下後事王者之不敢自必也願王熟計之也今王無與天下攻齊天下必以王為義齊抱社稷而厚事王天下必盡重王義王以天下善秦秦暴王以天下禁之是一世之名寵制於王也於是趙乃輟謝秦不擊齊王與燕王遇廲頗將攻齊昔陽取之十七年樂毅將趙師攻魏伯陽而秦怨趙不與已

擊齊伐趙拔我兩城十八年秦拔我石城王再之衛東陽決河水伐魏氏大潦漳水出魏冉來相趙十九年秦敗我二城趙與魏伯陽趙奢將攻齊麥丘取之二十年廉頗將攻齊王與秦昭王遇西河外二十一年徙漳水武平西二十二年大疫公子丹為太子二十三年樓昌將攻魏幾不能取十二月廉頗將攻幾取之二十四年廉頗將攻魏房子拔之因城而還又攻安陽取之二十五年燕周將攻昌城高唐取之與魏共擊秦秦將白起

破我華陽得一將軍二十六年取東胡歐代地二十七年徙漳水武平南封趙豹為平陽君河水出大潦二十八年藺相如伐齊至平邑罷城北九門大城二十九年秦韓相攻而圍閼與趙使趙奢將擊秦大破秦軍閼與下賜奢號為馬服君三十三年惠文王卒太子丹立是為孝成王孝成王元年秦伐我拔三城王新立太后用事秦急攻之趙求救於齊齊曰必以長安君為質兵乃出太后不肯大臣彊諫太后謂左右復言長安君為質

者老婦必唾其面左師觸龍言願見太后太后盛氣而
胥之入徐趨而坐謝曰老臣病足曾不能疾走不得見
久矣竊自恕而恐太后體有所苦也故願望見太后太
后曰老婦恃輦而行曰食得無衰乎曰恃粥耳曰老臣
間者殊不欲食乃彊步日三四里少益嗜食太后曰老
婦不能太后不和之色少解左師曰老臣賤息舒祺最
少不肖而臣衰竊憐愛之願得補黑衣之缺以衛王宫
昧死以聞太后曰敬諾年幾何矣對曰十五歲矣雖少

願及未填溝壑而託之太后曰丈夫亦愛憐少子乎對
曰甚於婦人太后笑曰婦人異甚對曰老臣竊以爲媪
之愛燕后賢於長安君太后曰君過矣不若長安君之
甚左師曰父母愛子則爲之計深遠媪之送燕后也持
其踵爲之泣念其遠也亦哀之矣已行非不思祭祀則
祝之曰必勿使反豈非計長久爲子孫相繼爲王也哉
太后曰然左師曰今三世以前趙主之子孫爲侯者其
繼有在者乎曰無有曰微獨趙諸侯有在者乎曰老婦

不聞也曰此其近者禍及其身遠者及其子孫豈人主之子侯則不善哉位尊而無功奉厚而無勞挾重器多也今媪尊長安君之位而封之以膏腴之地多與之重器而不及今令有功於國一旦山陵崩長安君何以自託於趙老臣以媪為長安君之計短也故以為愛之不若燕后太后曰諾恣君之所使之於是為長安君約車百乘質於齊齊兵乃出燕封宋人榮蚠為高平君使將而攻趙趙因割濟東三城令盧高唐平原城邑五十七

以與齊求安平君田單而將之趙奢謂平原君曰國奚無人甚哉三城五十七邑此與敵國戰覆軍殺將而求者也今以此求安平君而將之國奚無人甚哉奢嘗為燕守上谷燕之通谷要塞奢習知之百日之內天下之兵未聚奢已舉燕矣君奚求安平君為乎平原君曰將軍釋之僕已言之王王許我矣奢曰君過矣齊之於燕豈茹肝涉血之仇耶使安平君愚安用之使安平君知又安肯與燕戰且安平君奚以趙之彊為趙彊則齊不

復伯矣今得彊趙之兵必將曠日持久使士大夫餘子之力盡於溝壘車甲羽毛敝府庫倉廩虛乃引兵而歸耳平原君不聽田單將而攻燕中陽拔之又攻韓注人拔之畧如奢之言二年惠文后卒田單為相四年王夢衣偏裻之衣乘飛龍上天不至而墜見金玉之積如山明日召筮史敢占之曰夢衣偏裻之衣者殘也乘飛龍上天不至而墜者有氣而無實也見金玉之積如山者憂也後三日韓氏上黨守馮亭使者至曰韓不能守上

黨入之於秦其吏民皆安為趙不欲為秦有城市邑十七願再拜入之趙惟王財之王大喜召平陽君豹告之曰馮亭入城市邑十七受之何如對曰聖人甚禍無故之利王曰人懐吾德何謂無故乎對曰夫秦蠶食韓氏地中絶不令相通固自以為坐而受上黨也韓氏所以不入於秦者欲嫁其禍於趙也秦服其勞而趙受其利雖彊大不能得之於小弱小弱顧能得之於彊大乎豈可謂非無故之利哉王曰今發百萬之軍而攻踰年歴

歳未得一城也今以城市邑十七幣吾國此大利也趙豹出王召平原君與趙禹而告之對曰發百萬之軍而攻踰歳未得一城今坐受城市邑十七此大利不可失也王曰善乃令趙勝受地告馮亭曰寡君使勝致命以萬户都三封太守千户都三封縣令皆世世為侯吏民皆益爵三級吏民能相安皆賜之六金馮亭垂涕不見使者曰吾不處三不義也為主守地不能死不義一矣入之秦不聽主令不義二矣賣主地而食之不義三矣

趙遂發兵取上黨廉頗將軍長平七年王信秦閒免廉
頗使趙括代將秦人圍之射殺括軍四十餘萬降秦秦
皆阬之王乃悔不聽趙豹之計秦圍邯鄲王欲媾秦虞
卿說王請以重寶附楚魏使秦疑天下之合從而後秦
媾可合也王不聽與趙豹謀遣鄭朱入秦為媾諸侯見
秦趙為媾遂不肯救趙邯鄲幾拔武垣令傅豹王容蘇
射率燕衆反燕地趙以靈丘封楚相春申君八年平原
君如楚請救還楚將景陽及魏公子無忌皆來救秦匽

乃解十年燕攻昌壯五月拔之趙將樂乘慶舍攻秦信梁軍破之西周君納地於秦秦受而歸其君王赧卒十一年城元氏縣上原武陽君鄭安平死收其地十二年邯鄲廥焚十四年平原君勝死十五年以尉文封相國廉頗為信平君燕王使栗腹約歡以五百金為趙王酒還歸報燕王曰趙氏壯者皆死長平其孤未壯可伐也燕王從之起二軍車二千乘使栗腹將而攻鄗卿秦將而攻代廉頗樂乘為將破殺栗腹虜卿秦十六年廉頗

圍燕以樂乘為武襄君十七年樂乘假相將而攻燕圍其國十八年延陵鈞率師從廉頗助魏攻燕秦拔我榆次三十七城十九年趙與燕易七以龍兑汾門臨樂與燕燕以葛武陽平舒與趙二十年秦王政初立秦拔我晉陽二十一年孝成王卒子悼襄王偃立廉頗將攻繁陽取之使樂乘代之廉頗攻樂乘樂乘走廉頗亡入魏悼襄王元年大備魏欲攻平邑中年之道不成二年李牧將攻燕拔武遂方城太子質秦秦復歸之史記六國年表是歲

太子從質秦歸而世家不載其事載秦召春平君國而留之泄鈞為之謂文信侯曰春平君者趙王甚愛之而郎中妬之故相與謀曰春平君入秦秦必留之故相與謀而納之秦也君留之是絶趙而郎中之計中也君不如遣春平君而留平都春平君者言行信於王王必厚割趙而留平都文信侯曰善因遣之太子與春平君疑其一人耳城韓皐三年龐煖將攻燕禽其將劇辛四年龐煖將趙楚魏燕之鋭師攻秦蕞不拔移攻齊取饒安五年傅抵將居平邑慶舍將東陽河外之師守河梁六年封長安君以饒魏與趙鄚九年趙攻燕取貍陽城兵未罷秦攻鄴拔之悼襄王卒子王遷立史記遷謚幽繆徐廣曰一日湣王世本悼

襄王偃生令王遷年表及史考皆無遷謚遷失國後死恐不當有謚遷之母倡也嬖於悼襄王悼襄王廢適子嘉而立遷遷素無行信讒趙人輕之王遷元年城柏人二年秦攻武城扈輒率師救之軍敗死焉三年秦攻赤麗宜安李牧率師與戰肥下却之封牧武安君四年秦攻番吾李牧與戰却之五年代地大動自徐樂以西北至平陰臺屋墻垣太半壞地坼東西百三十步六年大飢民謌言曰趙為號秦為笑以為不信視地之生毛七年秦人攻趙趙大將李牧將軍司

馬尚擊之王信秦間誅牧而免尚以趙怱及齊將顔聚代之怱軍破聚亡去以王遷降秦人徙遷房陵八年十月邯鄲爲秦趙之亡大夫共立公子嘉爲王王代六年秦進兵破嘉遂滅趙

蘇子曰趙於戰國彊國也非大失計未遽亡也孝成王貪上黨之利不聽趙豹而聽趙勝以致秦怒一失矣使廉頗拒秦長平聽秦之間而使趙括代頗再失矣趙括既敗邯鄲被圍虞卿請以重寶附楚魏以援國示秦則

秦媾可合王不能用而聽趙豹使鄭朱入秦求媾諸侯由此莫肯救趙三失矣積此三失以致大敗僅能自存由此觀之非秦獨能敗趙而趙之所以自敗者多矣故善為國者必先定計慮計慮既定雖有禍敗不至亡國也

古史卷二十

古史卷二十一

宋　蘇轍　撰

魏世家第十四

魏之先畢公高之後也畢公文王之子而封於武王左傳富辰言管蔡郕霍魯衛毛聃郜雍曹滕畢原酆郇文之昭也太史公言畢公正以為周同姓失不考之左氏也

成王末年與召公為二伯率東諸侯以相康王君陳既沒康王乃命畢公保釐成周其後絶封有裔孫曰畢萬事晉獻公十六年趙夙為御畢萬為右以伐霍耿魏滅

之以魏封畢萬為大夫晉卜偃曰畢萬之後必大萬盈數也魏大名也以是始賞天開之矣天子曰兆民諸侯曰萬民令命之大以從盈數其必有衆萬封十一年晉獻公卒諸公子爭立萬之子曰武子犨從公子重耳亡十九年而反國是為文公以犨襲魏氏後且為戎右從侵曹曹僖負羈有施於文公令無入其家犨與顛頡怒曰勞之不圖報於何有爇僖負羈氏公欲殺之而愛其材獨殺頡而舍犨以舟之僑代為戎右武子由此不用

武子生三子一曰顆甞敗秦師于輔氏獲杜回有子曰

頡二曰錡邲之戰射楚共王中目楚王使養由基射殺

之有子曰相三曰莊子絳最賢事晉悼公平公初為中

軍司馬悼公三年會諸侯于雞澤公弟揚干亂行莊子

戮其僕公怒將殺之莊子以書請曰臣聞師衆以順為

武軍事有死無犯為敬君合諸侯臣敢不敬君師不武

執事不敬罪莫大焉不能致訓至於用鉞敢歸死於司

寇將伏劒公跣而出親止之反役與之禮食使佐新軍

四年無終子嘉父因莊子納虎豹之皮求和諸戎悼公將拒之莊子請因而撫之以專力諸夏公從之卒獲其利十一年晉始服楚鄭人來平以歌鐘二肆女樂二八為賂悼公以樂之半賜莊子曰此和戎之効也魏氏於是始有金石之樂十三年莊子始佐下軍平公三年遷將下軍莊子卒子獻子舒嗣獻子事平公昭公頃公定公四世平公十七年獻子與荀吳伐羣狄于太原獻子曰彼徒我車所遇又阨以什共車必克乃毀車為行以

誘之大敗狄人頃公之世六卿益彊公室卑十二年荀
躒以賂誅大夫祈氏楊氏而分其田為十邑獻子為政
命十邑之大夫謂賈辛司馬烏有力於王室者也謂知
徐吾趙朝韓固魏戊餘子之不失職者也其餘四人司
馬彌牟孟丙樂霄僚安皆受邑而後見獻子魏戊獻子
之子也而晉人不以為黨仲尼聞而賢之曰魏子必長
有後於晉矣梗陽人有獄以女樂賂獻子將受之魏戊
謂閻沒女寬曰主以不賄聞於諸侯今將受梗陽人奈

何二子退朝待於庭獻子召而饋之比置三歎獻子怪
而問之對曰饋之始至恐其不足故歎中食自咎曰豈
將軍之食而有不足是以再歎及饋之畢願以小人之
腹為君子之心屬猒而已獻子乃辭梗陽人定公二年
合諸侯之大夫于狄泉令城成周獻子南面衛彪傒曰
干位以令大事必有大咎明年獻子屬役於韓不信而
田於大陸焚焉卒於甯晉人去其栢槨獻子之孫曰襄
子曼多十五年趙鞅殺邯鄲午中行寅范吉射攻趙氏

襄子與知氏韓氏共伐范中行逐之而分其地襄子之
孫曰桓子晉哀公之四年知伯瑶狃於范中行之勝貪
利無厭使人請地於韓韓康子欲勿與段規諫曰知伯
之為人好利而鷙請而不與則兵加於韓不如與之將
復請於他國若不與必爭則韓免於兵矣韓康子曰善
與之萬家之邑一復請地於魏桓子欲勿與趙葭諫曰
彼請於韓而韓與之魏若不與則兵至於魏矣桓子曰
諾亦與之萬家之邑一知伯喜復請於趙趙襄子不與

知伯怒陰結韓魏以伐之韓魏雖從知伯伐趙然心知趙亡患必及韓魏也於是趙襄子使張孟談間說二子遂與趙氏謀反以兵攻智伯殺之而分其地三家之圍晉陽也郄疵謂知伯曰韓魏之君必反矣知伯曰何以知之郄疵曰夫從韓魏之兵而攻趙趙亡難必及韓魏矣今約勝趙而三分其地城不沒者三版耳臼竈生鼃人馬相食城降有日而韓魏之君無喜志而有憂色非反如何明日知伯以告二子二子曰夫勝趙而三分其

地城今且拔矣二家雖愚不棄美利而背盟約勢可見矣是郄疵為趙計使君疑我而解於攻趙也趨而出郄疵知言之不聽請使於齊知伯遣之韓魏之君果反知氏桓子之孫曰文侯都徐廣曰世本作斯文侯之元年則秦靈公韓武子趙桓子之元年也六年城少梁十三年使子擊圍繁龐出其民十六年伐秦築臨晉元里十七年樂羊將攻中山中山得其子懸之以示羊羊不顧中山烹而遺之羹羊食之盡中山知其恐也下之羊還報色自

得也文侯以羣臣賓客謗書二篋示之羊還走再拜曰此非臣之力君之功也他日文侯謂堵師賛曰樂羊以我故食其子之肉悲夫賛曰食其子其誰不食矣文侯由此疑之文侯使子擊守中山趙倉唐傅之居三年往來之使不通於君倉唐問曰胡不遣人使上國乎擊曰願之久矣誰可者倉唐請行問君所嗜好擊曰君嗜晨鳧好北犬乃遣倉唐緤北犬而奉晨鳧獻於文侯倉唐至上謁曰孽子擊使者不敢見於朝請以燕閒奉晨鳧

敬獻庖人緤北犬敬上涓人文侯悦曰擊愛我不忘吾所嗜好者召倉唐見之曰擊無恙乎倉唐曰唯唯如是者三乃曰太子在外君國名非臣所得聞也文侯怵然為之變容曰子之君無恙乎曰臣之來也拜送書於庭文侯顧指左右曰子之君孰與是長曰擬人必於其倫國君無所擬之文侯曰長大孰與寡人曰君賜之外府之衣則能勝之賜之斥帶則不更造矣文侯曰子之君何業曰業詩文侯曰於詩何好曰好晨風黍離文侯誦

晨風曰鴥彼晨風鬱彼北林未見君子憂心欽欽如何如何忘我實多曰子之君以我忘之乎曰非敢也思君耳文侯復誦黍離曰彼黍離離彼稷之苗行邁靡靡中心揺揺知我者謂我心憂不知我者謂我何求悠悠蒼天此何人哉曰子之君怨乎曰非敢也思君耳文侯於是遣倉唐賜太子襲衣曰必以雞鳴時至太子發篋視之衣盡顛倒曰君侯召擊矣倉唐曰臣未聞命也擊曰君命子以雞鳴至而衣盡顛倒詩不云乎東方未明顛

倒裳衣顛之倒之自公召之遂西見文侯文侯大喜置酒而稱曰遠賢而近所愛非社稷之計也乃出少子摯封之中山而復太子擊是歲西攻秦至鄭而還築雒陰合陽二十二年魏趙韓列為諸侯文侯嘗從中山奔命安邑田子方後太子擊遇之下車而趨子方坐乘如故告太子曰為我請君待我朝謌太子不悦謂子方曰不識富貴者驕人乎貧賤者驕人乎子方曰亦貧賤者驕人耳人主驕人則失其國大夫驕人則亡其家貧賤者

若不得志納履而去安往而不得太子及文侯道子方之語文侯歎曰自吾以行友子方而君臣益親百姓益附自吾以武下樂羊三年而中山為獻今吾所以不少進於此者未得以智驕我者也若得以智驕我者吾豈不及古之人乎然文侯受業卜子夏田子方段干木過其閭必式任西門豹守鄴河内稱治任吴起守西河諸侯不敢加兵又使李悝作盡地力之教及平糴之法雖遇飢饉水旱糴不貴民不散行之魏國國以富強秦嘗

欲伐魏或曰魏君親賢而愛民上下和合未可伐也文侯由此得譽於諸侯韓趙相難韓來索兵以攻趙文侯曰寡人與趙兄弟不敢從趙又索兵以攻韓文侯亦曰寡人與韓兄弟不敢從韓趙不得兵怒而反已而知文侯以講於已也皆朝魏以此終文侯之世未嘗與韓趙交兵文侯欲置相問於李克曰先生嘗教寡人家貧思良妻國亂思良相今所置非成則璜（徐廣曰文侯弟名成）二子何如克曰臣聞卑不謀尊踈不謀戚臣在闕門之外不敢

當命文侯曰先生臨事勿讓克曰君不察故也居視其所親富視其所與達視其所舉窮視其所不為貧視其所不取五者足以定之矣何待克哉文侯曰先生就舍寡人之相定矣李克趨而出過翟璜璜曰今者聞君召先生而卜相果誰為之李克曰魏成子為相矣翟璜忿然作色曰以耳目所記臣何負於魏成子西河之守臣之所進也君内以鄴為憂臣進西門豹君欲伐中山臣進樂羊巳拔無使守之臣進先生君之子無傅臣進屈

侯鮒臣何以負於魏成子李克曰子之言克於君豈將比周以求大官哉君問置相非成則璜二子何如克對曰君不察故也居視其所親富視其所與達視其所舉窮視其所不為貧視其所不取五者足以定之矣何待克哉是以知魏成子之為相也且子安得與魏成子比乎魏成子食禄千鍾什九在外什一在内是以東得卜子夏田子方段干木此三人者君皆師之子之所進五人者君皆臣之子烏得與魏成子比也翟璜逡巡再拜

曰璜鄗人也失對顧卒為弟子二十四年秦伐我至陽狐二十五年子擊生子罃二十六年虢山崩壅河三十一年伐鄭城酸棗敗秦于注三十五年秦伐取我襄陵三十六年秦侵我陰晉三十八年伐秦敗之武下得其將識文侯卒子擊立是為武侯武侯元年趙敬侯初立公子朔為亂不勝奔魏與魏襲邯鄲魏敗而去二年城安邑王垣七年伐齊至桑丘九年翟敗我于澮使吳起伐齊至靈丘齊威王初立十一年與韓趙三分晉地滅其後

十五年敗趙北藺十六年伐楚取魯陽武侯卒子罃立
是為惠王惠王與公中緩爭為太子公孫頎自宋入趙
自趙入韓謂韓懿侯曰魏罃與公中緩爭立君亦聞之
乎今魏罃得王錯挾上黨固半國也因而除之破魏必
矣不可失也惠王元年韓懿侯與趙成侯合軍以伐魏
戰於濁澤魏氏大敗遂圍惠王趙謂韓曰除魏君立公
中緩割地而退我且利韓曰不可殺魏君人必曰暴割
地而退人必曰貪不如兩分之魏分為兩不強於宋衛

則我終無魏患矣趙不聽韓不悅以其卒夜去二年魏
敗韓于馬陵敗趙于懷三年齊敗我觀五年與韓會宅
陽城武堵為秦所敗六年伐取宋儀臺九年公叔痤將
與韓趙戰澮北禽樂祚王郊迎之賞田百萬公叔痤辭
曰夫使士卒不崩擾者吳起之餘教也相地形決利害
使士卒不迷者巳寧爨襄之力也臣何力之有乎王曰
善於是索吳起之後賞田二十萬巳寧爨襄田各十萬
王曰公叔豈非長者哉既為寡人勝強敵矣又不遺賢

者之後不掩能士之勳復益田四十萬為百四十萬與秦戰少梁虜我將公孫痤史記秦本紀及此皆云虜公孫痤耳惟趙世家及秦魏韓年表皆云虜太子痤按孟子梁惠王言寡人東敗於齊長子死焉西喪地於秦七百里齊之所虜則太子申而秦未嘗虜魏太子凡史記言是年秦虜太子痤者皆非取龐秦孝公初立十年代取趙皮牢彗星見十二年星晝隊有聲十四年與趙會鄗十五年魯衛宋鄭之君來朝十六年與秦孝公會社平侵宋黃池宋復取之十七年與秦戰元里秦取我少梁圍趙邯鄲十八年拔邯鄲趙請救于齊齊使田忌孫

臏救趙敗魏桂陵十九年諸侯圍我襄陵築長城塞固陽二十年歸趙邯鄲與盟漳水上二十一年與秦會彤二十八年中山君相魏魏文侯既滅中山使子擊守之矣今此云中山君相魏者蓋尋復國也故後卒為趙所滅三十年魏伐趙趙告急齊齊宣王復使田忌孫臏擊魏以救趙魏遂大興師使龐涓將而太子申為上將軍客謂公子理之傅曰何不令公子泣王與后止太子之行事成則樹德不成則為王矣太子年少不習於兵田忌宿將也而孫子善用兵戰必不勝不勝必

禽公子爭之於王王聽必封不聽必敗敗公子必立立
必王矣太子軍過外黄外黄徐子謂太子曰太子自將
攻齊大勝并莒則富不過有魏貴不益為王不勝齊則
萬世無魏矣太子曰諾將還徐子曰彼勸太子戰欲啜
汁者衆雖欲還恐不得矣太子之御果謂太子將出而
還與北同太子遂與齊人戰敗於馬陵龐涓死太子虜
軍遂大破惠王召惠施而告之曰寡人怨齊至死不忘
國雖小欲悉起兵攻之何如對曰不可臣聞王者得度

而伯者知計今王所以告臣者踈於度遠於計矣王固先屬怨於趙而後與齊戰也今戰不勝國無守戰之備王又欲悉起而攻之此計之不可者王若欲報齊乎則不如因變服折節而朝齊如此楚王聞之必怒王游人而合其鬬則楚必伐齊以休楚而伐罷齊必為楚禽矣是王以楚毀齊也惠王曰善乃使人下齊願臣畜而朝田嬰許諾張丑曰不可戰不勝魏而得朝與魏和而下楚此可大勝也今戰勝魏覆十萬之衆而禽太子申臣

萬乘之魏而甲秦楚諸侯之疾我者衆矣且楚王之為人也好用兵而甚務名終為齊患者必楚也田嬰不聽遂納魏王與之並朝者再三趙人醜之楚王怒自將而伐齊趙應之後八年乃圍齊於徐州三十一年秦趙齊共伐我秦將商君詐我將軍公子卬而襲奪其軍破之秦用商君東地至河而齊趙數破我安邑近秦於是徙治大梁三十二年以公子赫為太子三十三年秦孝公卒商君亡秦歸魏魏怒不入三十五年與齊宣王會平

阿南惠王數被軍旅卑禮厚幣以招賢者鄒衍淳于髡孟軻皆至梁惠王曰寡人兵三折於外太子虜上將死國空虛以羞宗廟社稷寡人醜之叟不遠千里而來何以利吾國乎孟子對曰王何必曰利君曰何以利吾國大夫曰何以利吾家士庶人曰何以利吾身上下交征利而國危矣王何必曰利亦有仁義而已矣未有仁而遺其親未有義而後其君者也王何必曰利三十六年復與齊王會甄惠王卒子襄王立將葬惠王而天大雨

雪壞城郭且為棧道而葬羣臣請弛期太子曰吾為人子而以民勞費用之故無行先王之喪不義也羣臣皆不敢言以告犀首犀首曰吾未有以言之其惟惠公乎乃告惠施惠施曰諾駕而見太子曰葬日乎太子曰然施曰昔王季歷葬於楚山之尾欒水齧之見棺之前和文王曰嘻先君必欲一見羣臣百姓也夫故使欒水見之於是出而為之張朝百姓皆見之三日而後更葬今葬有日而雪甚難以行意者先王亦欲少留而扶社稷

安黔首也夫太子爲及日之故而不敗得毋嫌於欲亟
葬乎若弛期而更日此亦文王之義也太子曰甚善使
更擇日襄王元年與齊宣王會於徐州以相王追尊父
爲惠王五年秦敗我龍賈軍四萬五千於彫陰圍我焦
曲沃與秦河西之地六年與秦會應秦取我汾陰皮氏
焦魏伐楚敗之陘山七年魏盡入上郡于秦秦降我蒲
陽八年秦歸我焦曲沃十二年楚敗我襄陵諸侯執政
與秦相張儀會齧桑十三年張儀相魏魏有女子化爲

丈夫秦取我曲沃平周十六年襄王卒子哀王立荀勗曰和嶠云紀年起自黃帝終魏之今王今王者魏惠成王子案太史公書惠成王但言惠王子曰襄王襄王子曰哀王惠王三十六年卒襄王立十六年卒并惠襄為王十二年今案古文惠成王立三十六年改元稱一年改元後十七年卒太史公書為誤分惠成之世以為兩王之年數也世本惠王生襄王而無哀王然則今王者魏襄王也又案司馬貞索隱言世本襄王生昭王而無哀王太史公記襄哀之年紀事甚明蓋無足疑又孔衍叙魏語亦無哀王蓋紀年失哀王之代故分襄王之年為惠王後元即以襄王之年包哀王之代耳故今仍以史記為定張儀復歸秦哀王元年與五國共攻秦至函谷不勝而去二年齊敗我觀津五年秦使樗里子伐取我曲沃

走犀首岸門六年秦求立公子政為太子與秦會臨晉七年攻齊與秦伐燕八年伐衛拔列城二衛君患之如耳見衛君曰請罷魏兵免成陵君可乎衛君曰先生果能孫請世世以衛事先生如耳見成陵君曰昔魏伐趙斷羊腸拔閼與約斬趙趙分為二所以不亡者魏為從主也今衛已迫亡將西請事於秦與其以秦醳衛不如以魏醳衛衛之德魏必終無窮成陵君曰諾如耳見魏王曰臣有謁於衛衛故周室之別也其稱小國多寶器

今國迫於難而寶器不出者其心以為攻衛釋衛不以
王為主故寶器雖出必不入於王也臣竊料之先言釋
衛者必受衛者也如耳出成陵君入以其言見魏王魏
王聽其說罷其兵免成陵君終身不見九年與秦王會
臨晉張儀魏章皆歸于魏魏相田需死楚害張儀犀首
薛公楚相昭魚謂蘇代曰田需死吾恐張儀犀首薛公
有一人相魏者也代曰然相者欲誰而君便之昭魚曰
吾欲太子之自相也代曰請為君北必相之昭魚曰奈

何對曰君其為梁王代請說君昭魚曰奈何對曰代也
從楚來昭魚甚憂曰田需死吾恐張儀犀首薛公有一
人相魏者也代曰梁王長主也必不相張儀張儀相必
右秦而左魏犀首相必右韓而左魏薛公相必右齊而
左魏梁王長主也必不便也王曰然則寡人孰相代曰
莫若太子之自相太子之自相是三人者皆以太子為
非常相也皆將務以其國事魏欲得丞相璽也以魏之
強而三萬乘之國輔之魏必安矣故曰莫若太子之自

相也遂北見梁王以此告之太子果相魏十年張儀死十一年與秦武王會應十二年太子朝於秦秦來伐我皮氏未拔而解十四年秦武王后來歸十六年秦拔我蒲反陽晉封陵十七年與秦會臨晉秦與我蒲反十八年與秦伐楚二十三年與齊韓共敗秦軍函谷秦復與我河外及封陵為和哀王卒子昭王立昭王元年秦伐我襄城二年與秦戰我不利三年佐韓攻秦秦將白起敗我軍伊闕二十四萬六年秦約趙伐魏魏王患之芒

卯曰王勿憂也臣請發張倚使謂趙王曰夫鄴寡人固弗有也今大王收秦而攻魏寡人請以鄴事大王趙王喜召相國而問之對曰收秦攻魏利不過鄴今不用兵而得鄴請許魏張倚因謂趙王曰敝邑之吏效城者巳在鄴矣大王且何以報魏趙王因令閉關絶秦秦趙大惡芒卯應趙使曰敝邑所以事大王者為完鄴也今效鄴者使者之罪卯不知也趙王恐魏乘秦之怒遽割五城以合於魏而支秦芒卯謂秦王曰王之士未有為之

中者也王能使臣為魏司徒臣能使魏獻秦長羊王屋洛林之地秦王曰善因任之以為魏司徒卯謂王曰王所患者上地也秦之所欲於魏者長羊王屋洛林也王獻之秦則上地無患因請秦下兵東擊齊攘地必遠矣王曰善因與秦河東地方四百里地入數月而秦兵不下魏王怒芒卯曰臣有死罪雖然臣死則契折於秦王無以責秦王誠赦臣臣為王責約於秦乃之秦謂秦王曰魏之所以獻地者有意欲以下大王之兵東擊齊也

令地已入而兵不下臣則死人也雖然山東之士無復以利事王者矣秦王曰國有事未澹下兵也今以兵從矣卯并將秦魏兵東擊齊啓地二十二縣七年秦拔我城大小六十一八年秦昭王為西帝齊湣王為東帝月餘皆復歸帝稱王九年秦拔我新垣曲陽十年齊滅宋宋王死我溫齊湣王驕甚欲去孟嘗君孟嘗君來奔昭王以為相十二年與秦趙韓燕共伐齊敗之濟西湣王出亡燕獨入臨菑與秦王會西周十三年秦拔我安城

兵至大梁而去十八年秦拔郢楚王徙陳十九年昭王
卒子安釐王立安釐王元年秦拔我兩城封弟公子無
忌為信陵君二年秦又拔我兩城軍大梁下韓來救與
秦溫以和三年秦拔我四城斬首四萬四年秦破我及
韓趙殺十五萬人走我將芒卯王將入朝於秦周訢謂
王曰王之事秦尚有可以易入朝者乎王曰子患寡人
入而不出耶許綰為我呪曰入而不出請殉寡人以頭
訢曰許綰之首猶鼠首也臣竊為王不取也且無梁

孰與無河内急王曰梁急無梁孰與無身急王曰身急
曰以三者身上也河内其下也秦未索其下而王效其
上可乎王尚未聽也支期曰王視楚王楚王入秦王以
三乘先之楚王不入楚魏為一尚足以捍秦王乃止王
謂支期曰吾始已諾應侯矣今不行欺之也支期曰王
勿憂臣使長信侯請無内王王即見長信侯曰王命召相
國長信侯曰王何以臣為支期曰臣不知也王急召君
長信侯曰吾内王於秦者寧以為秦耶吾以為魏也支

期曰君無為魏計其自為計且安死乎安生乎安窮乎安貴乎長信侯曰樓公已入矣臣今從支期曰王急召君君不行血濺君襟矣長信侯入支期隨其後先入見王曰王偽病而見之臣已恐之矣長信侯見王曰病甚奈何吾始已諾應侯矣意雖道死行乎長信侯曰王無行矣臣能得之於應侯願王無憂五年將使段干崇割地而講秦蘇代謂王曰魏不以敗之上割可謂善用不勝矣而秦不以勝之上割可謂不能用勝矣今處期年

乃欲割是羣臣之私而王不察也且夫欲璽者段干子
也王因使之割地欲地者秦也而王因使之授璽夫欲
璽者制地欲地者制璽其勢必無魏矣且夫姦臣皆欲
以地事秦以地事秦譬猶抱薪救火薪不盡火不滅今
王之地有盡而秦之求無窮是薪火之說也王曰善雖
然吾已許秦矣不可革也對曰王獨不見夫博者之用
梟耶欲食則食欲握則握今君劫於羣臣而許秦因曰
不可革何用智之不若用梟也王曰善然卒與秦南陽

以和九年秦拔我懷十年秦太子質於魏死十一年秦
拔我郪丘齊楚相約而攻魏魏使人求救於秦冠蓋相
望也而秦救不至魏人有唐雎者年九十餘矣謂魏王
曰老臣請西説秦王令兵先臣出魏王再拜遂約車而
遣之唐雎見秦王秦王曰丈人芒然乃遠至此甚苦矣
夫魏之來求救數矣寡人知魏之急已唐雎對曰大王
已知魏之急而救不發者臣竊以為用策之臣無任矣
夫魏一萬乘之國也然所以西面而事秦稱東藩受冠

帶祠春秋者以秦之強足以為與也今齊楚之兵已合於魏郊矣而秦救不發亦將賴其未急也使之大急彼且割地而約從王尚何救焉必待其急而救之是失一東藩之魏而強二敵之齊楚則王何利焉於是秦昭王遽為發兵救魏魏氏復定虞卿謂趙王曰魏為從主而違者范痤也王能以萬戶之都請殺范痤於魏則從事可移於趙趙使人謂魏王曰為我殺范痤吾請獻七十里之地魏王曰諾使吏捕之圍而未殺痤因上屋騎危

謂使者曰與其以死痤市不如以生痤市有如痤死趙不與王地則王將奈何故不如與先定割地然後殺痤魏王曰善痤因上書信陵君曰痤故魏之免相也趙以地殺痤而魏王聽之有如強秦亦將襲趙之欲則君且奈何信陵君言於王而出之魏王以秦救之故欲親秦而伐韓以求故地信陵君謂王曰秦與戎翟同俗有虎狼之心好利無信不識禮義苟有利焉不顧親戚兄弟若禽獸耳此天下之所識也故太后母也而以憂死穰

侯舅也功莫大焉而竟逐之兩弟無罪而再奪之國此於親戚若此而況於仇讎之國乎今王與秦共伐韓而益近秦患臣甚惑之今韓氏以一女子奉一弱主內有大亂外交強秦魏之兵王以為不亡乎韓亡秦有鄭地與大梁鄰王以為安乎王欲得故地今負強秦之禍王以為利乎秦非無事之國也韓亡之後必將更事更事必就易與利就易與利必不伐楚與趙矣是何也夫越山踰河絕韓上黨而攻強趙是復閼與之事秦必不為

也若導河内倍鄴朝歌絶漳滏水與趙兵決於邯鄲之
郊是知伯之禍也秦之伐楚道涉谷行三千里而攻冥
阨之塞所行甚遠所攻甚難秦又不為也若道河外倍
大梁右蔡左召陵與楚兵決於陳郊秦又不敢故曰秦必
不伐楚與趙矣又不攻衛與齊矣夫韓亡之後兵出之
日非魏無攻已秦固有懷茅邢丘安城垝津以臨河内
河内共汲必危有鄭地得垣雍決熒澤水灌大梁大梁
必亡王之使者惡安陵氏於秦秦之欲誅之久矣秦葉

陽昆陽與舞陽鄰聽使者之惡之隨安陵氏而亡之繞舞陽之北以東臨許南國必危南國雖無危魏國豈得安哉夫憎韓不愛安陵氏可也夫不患秦之不愛南國非也異日者秦在河西晉國去梁千里有河山以闌之有周韓以間之從林鄉軍以至於今秦七攻魏五入國中遺城盡抜文臺墮垂都焚林木伐麋鹿盡而國繼以圍又長驅梁北東至陶衛之郊北至平闞所亡於秦者山南山北河内河外大縣數十名都數百秦乃在河西

晉去梁千里而禍若是矣又况於使秦無韓有鄭地無山河而闌之無周韓而間之去大梁百里禍必由此矣異日者從之不成也楚魏疑而韓不可得也今韓受兵三年秦撓之以講識亡不聽投質於趙請為天下鴈行頓刃楚趙必集兵皆識秦之欲無窮也非盡亡天下之國而臣海内必不休矣是故臣願以從事王王速受楚趙之約趙挾韓之質以存韓而求故地韓必效之此士民不勞而故地得其功多於與秦共伐韓而又與強秦

鄰之禍也夫存韓安魏而利天下此亦王之大時已通韓上黨於共甯使道安成出入賦之是魏重質韓以其上黨也今有其賦足以富國韓必德魏愛魏重魏畏魏韓必不敢反魏是韓則魏之縣也魏得韓以為縣衛大梁河外必安矣今不存韓則二周安陵必危楚趙大破衛齊甚畏天下西向馳秦入朝而為臣不久矣二十年秦圍邯鄲魏王使晉鄙以兵救之畏秦不行信陵君矯奪晉鄙兵以救趙趙得全無忌因留趙三十年秦兵伐

魏無忌自趙歸魏率五國之兵攻秦敗之河内走蒙驁
魏太子增質於秦秦怒欲囚魏太子或為增謂秦王曰
公孫喜固謂魏相曰請以魏疾擊秦秦王怒必囚增魏
王又怒擊秦秦必傷今王囚增是喜之計中也不若貴
增而合魏以疑之於齊韓秦乃止增三十一年秦王政
初立三十四年安釐王卒太子增立是為景湣王信陵
君無忌卒景湣王元年秦拔我二十城以為東郡二年
秦拔我朝歌衛徙野王三年秦拔我汲五年秦拔我垣

蒲陽衍十五年景湣王卒子王假立王假元年燕太子丹使荆軻刺秦王秦王覺之三年秦決河溝灌大梁虜王假遂滅魏安陵君者封於魏襄王至此六世矣此必魏之同姓信陵君之諫安釐王親秦而伐韓也因曰秦惡安陵氏欲誅之久矣又戰國策安陵人有縮高者信陵君欲取之安陵君不遣縮高自殺信陵謝之然則安陵者魏所封小國也魏之亡也秦王使人謂安陵君曰寡人欲以五百里之地易安陵安陵君其許寡人安陵君曰大王加惠以大易小甚善雖然受地於先王願終守之弗敢易秦王不悦安陵君因使唐

且使於秦秦王謂唐且曰寡人以五百里之地易安陵安陵君不聽寡人何也且秦滅韓亡魏而君以五十里之地存者以君為長者故不錯意也今吾以十倍之地請廣於君而君逆寡人者輕寡人與唐且對曰否安陵君受地於先王而守之雖千里不敢易也豈直五百里哉秦王怫然怒謂唐且曰公亦嘗聞天子之怒乎唐且對曰臣未嘗聞也秦王曰天子之怒伏屍百萬流血千里唐且曰大王嘗聞布衣之怒乎秦王曰布衣之怒亦

免冠徒跣以頭搶地爾唐且曰此庸夫之怒也非士之怒也夫專諸之剌王僚也彗星襲月聶政之剌韓累也白虹貫日要離之剌慶忌也倉鷹擊於殿上此三子者皆布衣之士也懷怒未發休祲降於天與臣而將四矣若士必怒伏屍二人流血五步天下縞素今日是也挺劍而起秦王色撓長跪而謝之曰先生坐何至此寡人諭矣夫韓魏滅亡而安陵以五十里之地存者徒以有先生也

蘇子曰魏文侯非戰國之君也內師事卜子夏友田子方段干木被服儒者身無失德用吳起西門豹李悝盡力耕戰民賴以富而敵不敢犯外以禮與信交接諸侯與韓趙無怨終其身魏人不知戰國之患雖非盛德之主使當平世得行其志雖西漢文帝不能遠過也一時諸侯無足言者矣至子武侯稍已侵暴鄰國至孫惠王藉父祖之業結怨韓趙齊秦其弊殺龐涓虜太子申秦人因之遂取西河地魏由此衰不然以全魏之力據山

河之利秦豈能動之哉

古史卷二十一

欽定四庫全書

古史卷二十二

韓世家第十五　　宋　蘇轍　撰

韓之先曲沃桓叔之後也外傳韓宣子憂貧叔向賀之宣子拜曰其自桓叔以下嘉吾子之賜故杜預韋昭皆言韓氏桓叔之後桓叔生莊伯莊伯之子曰武公弟曰韓萬晉鄂侯四年武公伐翼韓萬御戎梁弘為右逐翼侯殺之武公三十八年代有晉國韓氏始入晉為大夫萬之孫簡事晉惠公惠公與秦穆公戰于韓原使

簡視秦師簡曰師少於我鬭士倍我不可與戰惠公不
聽兵敗秦人執之以歸簡曾孫子輿子輿之子曰獻子
厥晉靈公之六年趙盾言之於公以為司馬秦晉戰于
河曲盾使人以其乘車干行獻子戮之衆皆怒盾獨喜
曰舉而不黨二三子可以賀我矣召獻子而禮之曰子
勉之終是心也可以臨長晉國矣景公十一年獻子之
為司馬二十七年矣從於伐齊齊師敗獻子從齊侯執
縶於其馬前奉觴加璧以進幾獲齊侯逢丑父以身代

齊侯齊侯逸十二年晉作六軍而獻子將新中軍十三年晉人謀去故絳諸大夫欲居郇瑕氏之地曰饒沃而近盬不可失也獻子曰山澤林盬國之寶也國饒則民驕佚近寶公室乃貧不如新田土厚水深有汾澮以流其惡居之無疾公從之遷于新田是歲楚伐鄭欒書禦之遇於繞角楚師還遂侵蔡楚人以申息之師救蔡羣帥皆欲戰獻子與荀首士燮諫曰不可吾來救鄭而遂伐蔡既遷戮矣若又怒楚戰必不克欒書從之自是軍

行以三卿為謀主師輙有功十七年景公誅趙氏朔之子武從其母姬氏畜于公宮分其田以與祁奚獻子言於公立武而反其田厲公六年獻子將下軍晉楚戰於鄢陵楚師敗績厲公歸而殺三郤欒書荀偃執公而召獻子獻子辭焉乃免於亂悼公立獻子為政楚人伐宋獻子曰欲求得人必先勤之遂起師遇於靡角之谷楚師畏之而還七年獻子請老長子無忌有廢疾將立之讓其弟宣子起以無忌掌公族大夫獻子雖去位而荀

縈為上卿禀焉以從政卒以服楚而伯諸侯十三年命宣子將上軍宣子頋上趙武而佐之平公十一年宣子聘于周稱晉士起靈王曰韓氏其昌阜於晉乎辭不失舊十五年諸侯之大夫會於澶淵魯叔孫豹歸語其大夫曰趙孟將死矣為政者必韓子可以樹善君子也晉君將失政矣政在大夫韓子懦弱大夫多貪若不早善韓子魯必病十七年趙文子卒宣子為政出聘於諸侯至魯觀書於太史氏見易象與魯春秋曰周禮盡在魯

矣吾乃今知周公之德與周之所以王至齊見公孫竈之子旗與蠆之子彊曰非保家之主也弗臣齊人多笑之惟晏子信之曰夫子君子也君子有信其有以知之矣昭公六年宣子聘于鄭求玉于賈人子產弗與宣子以玉與馬謝之曰子命起舍玉是賜我玉而免吾死也宣子好善而不立晉大夫范鞅荀躒貪而不信以賄誅祁氏羊舌氏而分其邑楚滅陳蔡畏楚而不能救魯季氏逐其君取賄而不能納宣子居其間無所可否自趙

武死而晉益衰魯叔孫之言皆信頃公十二年宣子卒子簡子不信嗣定公三年簡子會諸侯之大夫以城成周十五年與知趙魏三家共逐范中行氏左傳晉頃公之十二年當魯昭公之二十八年周敬王之六年是歲韓宣子卒魏獻子為政而史記年表周元王元年猶為韓宣子之年故逐范中行猶為宣子之事左傳宣子沒簡子不信繼之史記年表宣子之後遂至康子而世家宣子之後有貞子而後至簡子太史公言韓氏世次自此以上脫謬尤甚簡子卒子莊子嗣莊子卒子康子嗣晉哀公四年康子與趙魏共滅知氏將分其地段規謂康子必取成皋康子曰成皋石田也無所

用之規曰一里之厚而動千里之權者地利也君用臣言韓必取鄭從之及韓之取鄭也實自成臯康子卒子武子嗣武子二年伐鄭殺其君幽公十六年武子卒子景侯虔立景侯元年伐鄭取雍丘二年鄭敗我負黍六年與趙魏俱列為諸侯九年鄭圍我陽翟景侯卒子列侯取立九年秦伐我宜陽取六邑十三年列侯卒子文侯立二年伐鄭取陽城伐宋至彭城執宋君七年伐齊至桑丘鄭敗晉九年伐齊至靈丘十年文侯卒子哀侯

立哀侯元年與趙魏分晉國二年滅鄭因徙都鄭六年

嚴遂弒哀侯及相韓傀史記年表世家皆書列侯三年聶政殺相俠累後二十六年當哀侯六年皆書韓嚴弒哀侯而刺客傳言嚴仲子事韓哀侯與相俠累有卻使聶政刺殺俠累戰國策亦言韓傀相韓嚴遂重於其君二人相害故嚴遂使聶政刺俠累累走抱哀侯并中哀侯以刺客傳及戰國策考之則聶政刺俠累當在哀侯六年是時嚴遂之去韓久矣而史書韓嚴弒哀侯者亦春秋趙盾弒君之義也然則年表世家書列侯二年盜殺相俠累者誤矣令故削之仲子嚴遂字俠累韓傀字也

子懿侯立懿侯元年與趙因魏亂伐之圍魏惠王二年魏敗我馬陵五年與魏惠王會宅陽九年魏敗我澮十二年懿侯卒

子昭侯立昭侯元年秦敗我西山二年宋取我黄池魏取我朱六年伐東周取陵觀邢丘八年申不害相脩術行道國内以治諸侯不來侵伐十一年昭侯如秦史記十年韓姬弑其君悼公未詳何君故不書二十二年申不害死二十四年秦拔我宜陽二十五年旱作高門屈宜臼曰昭侯不出此門矣往年秦拔宜陽今年旱昭侯不以此時恤民之急而顧益奢是謂時絀舉贏二十六年高門成昭侯卒子宣惠王立宣惠王八年魏敗我韓舉十年初稱王十一年

與趙會區黍十四年秦敗我鄢十六年秦敗我脩魚虜我將鯁申差於濁澤公仲謂王曰與國非可恃也今秦之欲伐楚久矣王不如因張儀為和於秦賂以一名都具甲與之南伐楚此以一易二之計也王曰善乃警公仲之行將西購於秦楚王聞之大恐召陳軫告之陳軫曰秦之欲伐楚久矣今又得韓之名都一而具甲秦韓并兵而伐楚此秦所禱祀而求也王聽臣為之警四境之內起師言救韓命戰車滿道路發信臣多其車重其

幣使信王之救已也縱韓不能聽我韓必德王不為鴈行以來是韓秦不和也兵雖至楚不大病矣為能聽我絶和於秦秦必大怒以厚怨韓韓南交楚必輕秦其應秦必不敬是因韓秦之兵而免楚國之禍也楚王曰善乃警四境之内興師言救韓命戰車滿道路發信臣多其車重其幣謂韓王曰不穀國雖小已悉發之矣願大國遂肆志於秦不穀將以楚徇韓王聞之大悦止公仲之行公仲曰不可夫以實伐我者秦也以虛名救我者

楚也王恃楚之虚名而輕絶强秦之敵必為天下大笑

且楚韓非兄弟之國也又非素約而謀伐秦也已有伐

形因發兵言救韓此必陳軫之謀也且王已使人報秦

今不行是欺秦也夫輕欺强秦而信楚之謀臣恐王必

悔之韓王不聽遂絶秦秦大怒益甲伐韓大戰楚救不

至十九年大破我岸門太子倉質於秦以和二十一年

楚圍雍氏韓求救於秦秦未為發使公孫昧入韓公仲

曰子以秦為且救韓乎對曰秦王之言曰請道於南鄭

藍田以入攻楚出兵於三川以待公殆不合矣公仲曰奈何對曰秦王必祖張儀之故智楚威王之攻梁也張儀謂秦王曰與楚攻梁魏折而入于楚韓固其與國也是秦孤也故不如出兵以劲魏於是攻皮氏魏氏劲威王怒楚與魏大戰秦取西河外以歸令也其狀陽言與韓其實隂善楚公恃秦而劲必輕與楚戰楚隂得秦之不用也必易與公相支也公戰而勝楚遂與公乗楚弛三川而歸公戰不勝楚楚塞三川守之公不能救也竊

為公患之司馬庚三反於郢甘茂與昭魚遇於商於其言收璽實類有約也公仲恐曰然則奈何曰公必先韓而後秦先身而後張儀公不如亟以國合於齊楚秦必委國於公以解伐是公之所外者張儀而已其實猶不失秦也自楚圍雍氏至猶不失秦一節史記誤在襄王十二年徐廣曰秦本紀惠王後元十三年周赧王三年楚懷王十七年齊湣王十二年皆云楚圍雍氏韓宣王卒秦助韓共敗楚屈丐然則楚圍雍氏以下是楚前圍雍氏赧王之三年事今據徐說正之公仲從之秦果出兵與韓共攻楚敗楚將屈丐斬首八萬於丹陽宣惠王卒太子倉立

是為襄王襄王四年與秦武王會臨晉其秋秦使甘茂攻我宜陽五年秦拔宜陽斬首六萬秦武王卒六年秦復與我武遂九年秦復取我武遂十年太子嬰與秦王會臨晉因至咸陽而歸十一年秦伐我取穰與秦伐楚敗楚將唐眛十二年太子嬰死公子咎公子蟣虱爭為太子時蟣虱質於楚冷向謂韓咎曰蟣虱亡在楚楚王欲内之甚今楚兵十餘萬在方城之外臣請令楚王築萬室之都雍氏之旁韓必起兵以救之公必將矣公因

以韓楚之兵奉蟣虱而內之其德公必矣必以楚韓封公也韓咎從其計蘇代謂秦太后弟芈戎曰公叔伯嬰恐秦楚之內蟣虱也公何不為韓求質於楚楚王聽入質子於韓則公叔伯嬰知秦楚之不以蟣虱為事必以韓合於秦楚秦楚挾韓以窘魏魏氏不敢合於齊是齊孤也公又為秦求質子於楚楚不聽怨結於韓韓挾齊魏以圖楚楚必重公公挾秦楚之重以積德於韓公叔伯嬰必以國待公於是蟣虱竟不得歸韓史記訛韓咎芈戎者皆蘇

代一人而異說理必不然矣戰國策以說韓咎為冷向蓋得之矣　十三年立子咎為太子齊魏王來十六年與齊魏共擊秦至函谷秦與我河外及武遂以和襄王卒太子咎立是為釐王釐王三年使公孫喜率周魏攻秦秦敗我二十四萬虜喜伊闕五年秦拔我宛六年與秦武遂地二百里十年秦敗我兵夏山十二年與秦昭王會西周助諸侯攻齊濟西齊敗湣王出亡十四年與秦會兩周間二十一年使暴鳶救魏為秦所敗鳶走開封二十三年趙魏攻我華陽韓告

急於秦秦不救韓相國謂陳筮曰事急矣公雖病為一
宿之行陳筮見穰侯穰侯曰事急乎故使公來曰未急
也穰侯怒曰冠蓋相望告弊邑甚急公來言未急何也
曰彼韓急則將變而他從以未急故復來耳穰侯曰公
無見王請今發兵救韓八日而至敗趙魏於華陽之下
釐王卒子桓惠王立桓惠王元年伐燕九年秦拔我陘
城汾旁十年秦王謂公子他（他或作池）曰昔歲殽下之事韓
為中軍以與諸侯攻秦秦韓接境壤界其地不能千里

展轉不可約日者秦楚戰於藍田韓出銳師以佐秦秦戰不利因轉與楚不固信盟惟便是從韓之在我腹心之疾吾將伐之何如公子他曰王出兵臨韓韓必懼懼則可以不戰而深割王曰善乃起兵一軍臨滎陽一軍臨太行韓王恐使陽城君謝秦請效上黨以和令韓陽告上黨守靳黈曰秦起二軍以臨韓韓不能支王將入上黨以和於秦使陽言之太守靳黈曰人有言挈瓶之智不失守器雖有王命臣請悉發守以應秦若不能則

死之韓陽趨以報王王曰吾始以諾應侯矣今不與是
欺之也乃使馮亭代靳黈馮亭守上黨三十日陰使人
請趙王曰韓不能守上黨將以與秦其民皆不欲秦而
願為趙請敬内之趙王受之秦怒移兵攻趙十三年秦
拔趙上黨擊殺趙括坑趙兵四十餘萬於長平十七年
秦拔我陽城負黍二十二年秦昭王卒二十四年秦拔
我成皋滎陽二十六年秦悉拔我上黨二十九年秦拔
我十三城三十四年桓惠王卒子王安立王安五年秦

攻韓韓急使韓非使秦秦留非殺之九年秦虜王安盡入其地為潁川郡韓遂亡信陵之説魏王曰今韓氏以一女子奉一弱主内有大亂外交强秦魏之兵王以為不亡乎又李斯上書言趙高必為亂曰如韓玘之為韓安相也此二事皆二人所親見而至漢氏太史公不得其事矣大抵戰國事韓最疎略耳

蘇子曰韓之先獻子厥最賢然春秋之際諸侯之賢大夫如獻子者多矣而子孫莫與太史公以獻子存趙氏之孤為天下之陰德故宜有後乎以謂不然韓之先與晉同祖皆周武王之後也史伯謂鄭桓公武實昭文之

功文之祚盡武其嗣乎武王之子應韓不在其在晉乎晉自文公伯諸侯至乎八世猶未足以究武之烈而繼之以韓此天意也獻子何足以當之然周衰姬姓復興者三國燕與韓魏皆據地千里后稷播種百穀以濟飢饉其報固當然哉

古史卷二十二

古史卷二十三

宋　蘇轍　撰

田敬仲世家第十六

田敬仲完者陳厲公躍之子也厲公之弟二人長曰桓公林次曰宣公杵臼厲公之後再立弟故厲公子不得立宣公二十一年殺其太子禦寇敬仲善於禦寇懼而奔齊實齊桓公之十四年也桓公以敬仲為賢將以為卿敬仲曰羈旅之臣幸若獲宥而免於罪戾君之惠也

敢辱高位以速官謗桓公以為工正飲桓公酒樂公曰
以火繼之辭曰臣卜其晝未卜其夜不敢敬仲之少也
厲公使周史筮之遇觀之否史曰是謂觀國之光利用
賓于王此其代陳有國乎不在此其在異國非此其身
必在其子孫若在異國必姜姓也及懿氏將妻敬仲卜
之曰吉是謂鳳皇于飛和鳴鏘鏘有嬀之後將育于姜
五世其昌並于正卿八世之後莫之與京敬仲入齊能
讓而有禮君子亦知其將有後矣敬仲居齊始為田氏

生田稺孟夷夷生田湣孟莊莊生文子湏無事齊靈公
莊公文子賢二君不能用立於崔杼慶封之閒文子亦
知其必敗也文子之子曰桓子無宇文子在而桓子出
使於諸侯矣莊公伐晉而懼欲見楚子楚使薳啓疆來
請會期齊聞有晉師使桓子辭且乞師崔杼弑莊公文
子有馬十乘棄而違之孔子稱其清景公三年文子與
欒髙鮑氏共誅慶舍而逐慶封景公淫侈政事廢隳厚
於賦歛而急於刑戮桓子陰收齊衆制其家量與公量

四而加一以家量貸而以公量取山木如市弗加於山魚鹽蜃蛤弗加於海故齊人皆疾景公而德陳氏九年晏子聘於晉與叔向言及齊故知齊之將為陳氏也十四年公孫蠆卒其子彊幼欒施欲治其家高氏之老曰孺子長矣而相吾室欲兼我也桓子善於高氏乃皆授甲將攻欒氏施見桓子曰子胡然吾將以厚高氏耳子姑止之桓子稽首曰頃靈福子吾猶有望遂和之如初十六年彧告桓子曰欒氏高氏將攻陳鮑桓子甲以見

鮑國則亦授甲矣使視欒高則皆將飲酒遂伐之欒施
高彊皆敗出奔魯桓子與鮑氏分其室晏子謂桓子必
致諸公桓子從之既而請老于莒景公之母穆孟姬為
之請高唐陳氏由此始大凡齊之公族逐於欒高者桓
子皆召而反其邑且私具幄幕器用從者之衣屨而與
之凡公族之無禄者私分之邑國之貧約孤寡者私與
之粟晏子言於景公以陳氏為虞勸公力行仁政以懷
撫齊民而以禮止陳氏私施公雖善之而溺於淫樂竟

不能用故陳氏遂大桓子卒子僖子乞嗣史記范中行氏反晉田乞欲為亂樹黨於諸侯乃說景公曰范中行數有德於齊不可不救乃使乞往救而輸之粟按左傳景公與衛叛晉久矣前此已屢伐晉其救范中行非田氏樹黨而後請之也景公嬖少子荼使國夏高張傅而立之寘羣公子於萊公卒僖子搆高國於諸大夫共伐之二子戰敗出奔僖子立悼公遷荼於駘而弑之僖子卒子成子恒嗣悼公立四年齊人弑之而立簡公壬簡公嬖闞止使為政成子畏之簡公四年成子與諸陳攻殺闞止因弑簡公而立公弟平公驁史記成子既弑

簡公懼諸侯誅已乃盡歸魯衛侵地西約晉韓魏趙氏南通吴越之使案左傳成子歸成於魯以子貢之言不得已而與之本非成子所以自完之計也又自是齊晉更相侵伐未已亦不見成子約三晉之實又是時吴滅已久而言通吴越之使亦非確論也故皆不録成子言於平公曰德施人之所欲君其行之刑罰人之所惡臣請行之行之五年齊國之政皆歸田氏成子於是盡誅鮑晏及公族之強者而割齊自安平以東至琅邪為封邑封邑大於平公所食平公十三年晉伐鄭成子救之師將與屬孫子三日朝設乘車兩馬繫五邑以命顏涿聚之子晉曰而父死於

隰以國之多難未女恤也令君命女以是邑也服車而朝無廢前勞乃救鄭及留舒違穀七里穀人不知及濮雨不涉鄭人曰大國在敝邑之宇下令師不行恐無及也成子衣製杖戈立於阪上馬不出者助之鞭之知伯聞之曰我卜伐鄭不卜敵齊乃還成子侍妾數十有子百餘人史記成子選齊國女子長七尺以上為後宫後宫以百數賓客舍人出入者不禁故成子之子七十餘人譙周以謂田恒之為人雖大負弒君之名至於行事實亦修整必不為此失行也周說有理今故不取史記成子卒子襄子盤嗣襄子相齊宣公宣公三年十三

晉滅知伯分其地襄子使其兄弟宗人盡為齊都邑大夫與三晉通使襄子卒子莊子白嗣宣公四十三年伐晉毀黄城圍陽狐明年伐魯葛及安陵明年取魯之一城莊子卒子太公和立自襄子至太公三世相齊宣公宣公五十一年卒子康公貸立康公立十四年淫於酒色不聽政太公遷之海上食一城以奉其先祀十五年魯敗齊平陸十八年太公與魏文侯會濁澤求為諸侯魏文侯乃使使言周天子及諸侯請立和為諸侯周天

子許之康公之十九年太公立為齊侯列於周室二年而卒子桓公午立桓公五年韓魏趙伐我至桑丘史記三國世家及年表皆書此事止此而已獨於此書秦魏攻韓韓求救於齊桓公召大臣而謀曰蚤救之孰與晚救之騶忌曰不若勿救段干朋曰不救則韓且折而入於魏不若救之田臣思曰過矣君之謀也秦魏攻韓楚趙必救之是天以燕與齊也桓公曰善乃陰告韓使者而遣之韓自以為得齊之救因與秦魏戰楚趙聞之果起兵救之齊因起兵襲燕國取桑丘案騶忌相威王後此二十餘年既可疑又據戰國策田臣思伐燕之謀乃湣王十年伐燕噲子之之事也然太史公湣王十年全不載伐燕事今削之桓公五年而載之湣王十年乃得其實六年救衛桓公卒子威王因齊立是歲故齊康公卒絕

無後奉邑皆入田氏威王元年三晉因齊喪伐我靈丘六年魯伐我入陽關晉伐我至博陵七年衛伐我取薛陵九年趙伐我取甄威王即位以來不治委政卿大夫九年之間諸侯並伐國人不治於是威王召即墨大夫而語之曰自子之居即墨也毀言日至然吾使人視即墨田野闢民人給官無留事東方以寧是子不事吾左右以求譽也封之萬家召阿大夫語之曰自子之守阿譽言日聞然使使視阿田野不闢民貧苦昔日趙攻甄

子弗能救衛取薛陵子弗知是子以幣厚吾左右以求譽也是日烹阿大夫與左右嘗譽阿者遂起兵西擊趙魏衛魏魏獻觀以和趙人歸我長城史記於此言敗魏濁澤圍魏惠王案三晉世家是年韓趙圍魏惠王具事甚詳齊初不與也是時威王初親政伐魏以自解則可必未暇與韓趙圍惠王也於是齊國震懼人人不敢飾非務盡其誠齊國大治諸侯聞之莫敢致兵於齊二十餘年騶忌以鼓琴見威王威王説而舍之右室因言鼓琴以及政事王善之見三月而受相印居期年封以下邳號曰成侯二十三年

與趙王會平陸二十四年與魏王會田於郊魏王問曰王亦有寶乎威王曰無有梁王曰若寡人小國也尚有徑寸之珠照車前後各十二乘者十數奈何以萬乘之國而無寶乎威王曰寡人之所以為寶與王異吾臣有檀子者使守南城則楚人不敢為寇東取泗上十二諸侯皆來朝吾臣有盼子者使守高唐則趙人不敢東漁於河吾吏有黔夫者使守徐州則燕人祭北門趙人祭西門徙而從者七千餘家吾臣有種首者使備盜賊則

道不拾遺將以照千里豈特十二乘哉梁王慚不懌而去二十六年魏惠王圍邯鄲趙求救於齊威王召大臣而謀曰救趙孰與勿救騶忌曰不如勿救段干朋曰不救則不義且不利威王曰何也對曰夫魏氏并邯鄲其於齊何利哉且夫救趙而軍其郊是趙不伐而魏全也故不如南攻襄陵以弊魏邯鄲拔而乘魏之弊威王從其計時騶忌與田忌不善公孫閱謂騶忌曰公何不言於王使田忌將戰勝有功則公之謀中也戰不勝非前

死則後北而命在公矣於是騶忌言於王使田忌南攻襄陵十月邯鄲拔齊兵擊魏大敗之桂陵三十三年殺大夫年辛徐廣曰大夫一作夫人索隱亦曰年表作夫人然今年表作大夫矣三十五年公孫閱又與騶忌謀令人操卜金卜於市曰我田忌之人也吾三戰而三勝聲威天下欲為大事亦吉乎不吉乎卜者出因令人捕為之卜者驗其辭於王所田忌聞之遂率其徒襲臨淄求騶忌不勝而奔三十六年威王卒子宣王辟彊立宣王元年秦孝公用商鞅周致伯於

秦二年王知田忌為騶忌所賣乃召而復其位魏伐趙趙與韓共擊魏戰不利韓氏請救於齊宣王召大臣而謀曰蚤救孰與晚救騶忌曰不如勿救田忌曰弗救則韓且折而入於魏不如早救之孫臏曰夫韓魏之兵未弊而救之是吾代韓受魏之兵顧反聽命於韓也且魏有破國之志韓見亡必東面而愬於齊矣吾因深結韓之親而晚承魏之弊則可重利而得尊名也宣王曰善乃陰告韓使者而遣之韓因恃齊五戰不勝而東委國

於齊齊乃起兵使田忌田嬰將孫子為師救韓趙以擊魏大敗之馬陵殺其將龎涓虜魏太子申其後三晉之王皆因田嬰朝齊王於博望盟而去七年與魏王會平阿南八年復會甄九年與魏襄王會徐州以相王十年楚圍我徐州十一年與魏伐趙趙決河水灌齊魏兵罷十八年秦惠王稱王宣王喜文學游説之士自騶衍淳于髠田駢接子慎到環淵之徒七十六人皆賜列第為上大夫孟軻最賢以為卿皆不治而議論是以齊稷下

學士復盛且數百千人十九年宣王卒子湣王地立湣王元年秦相張儀與諸侯執政會齧桑犀首立五王齊謂趙魏曰寡人羞與中山並為王願與大國伐之以廢其王中山聞之大恐召張登而告之曰寡人且王齊謂趙魏曰羞與寡人並為王而欲伐寡人奈何對曰君為臣多車重幣臣請見田嬰中山君遣之登見嬰子曰臣聞君欲廢中山之王將與趙魏伐之過矣以中山之小而三國伐之雖廢王猶且聽也然中山恐必為趙魏廢

王而務附焉是君為趙魏驅羊也非齊之利也豈若中山廢其王而事齊哉田嬰曰奈何張登曰今君召中山與之遇而許之王中山必喜而絶趙魏趙魏怒而攻中山中山急而君難其王中山恐亡其國必廢王事齊賢於為趙魏驅羊矣田嬰許諾張丑曰不可臣聞同欲者相憎同憂者相親今五國相王而負海不與焉此其欲皆在為王而憂在負海致中山而塞四國四國寒心必先與之王而故親之是君臨中山而失四國也且張登

之為人也多智微計薦中山之君久矣難信以為利田嬰不聽果召中山君而許之張登因謂趙魏曰齊欲伐河東何以知之齊羞與中山之為王甚矣今召中山與之遇而許之王是欲用其兵也豈若大國先與之王以止其遇哉趙魏許諾遂與中山王而親之中山果絶齊而從趙魏中山與燕趙為王齊閉關不通中山之使曰我萬乘之國也中山百乘之國也何侔名於我欲割平邑以賂燕趙出兵以攻中山藍諸君患之張登謂藍諸

君曰公何患於齊藍諸君曰齊强萬乘之國恥與中山
侔名不憚割地以賂燕趙出兵以攻中山燕趙好背而
貪地吾恐其不吾據也大者危國次者廢王奈何吾弗
患也張登曰請令燕趙固輔中山而成其王公欲之乎
藍諸君曰此所欲也曰請以公為齊王而登試說公可
乃行之藍諸君曰願聞其說登曰王之所以不憚割地
以賂燕趙出兵以攻中山者其實欲廢中山之王也王
曰然然則王之為費且危夫割地以賂燕趙强敵也出

兵以攻中山首難也王行二者所求中山未必得王如用臣之道地不虧兵不用而中山可廢也王必曰子之道奈何登曰王發重使告中山君曰寡人所以閉關不通使者為中山之獨與燕趙為王而寡人不與聞焉耳君苟舉趾以見寡人請亦佐君中山恐燕趙之不已據也今齊之辭云中山必遁燕趙與王相見燕趙聞之必怒絶之王亦絶之是中山孤孤何得無廢以此説齊王齊王聽乎藍諸君曰是則必聽矣此所以廢之何在其

存之也張登曰此正所以存之者也齊以是辭來因以
告燕趙而無往以積厚於燕趙燕趙必曰齊之欲割平
邑以賂我者非欲廢中山之王也徒欲離我於中山而
己親之也雖百平邑燕趙必不受也藍諸君曰善遣張
登往果以是辭來中山因告燕趙而不往燕趙果俱輔
中山中山王事遂定三年封田嬰於薛四年迎婦於秦
七年與宋攻魏敗之觀澤八年燕君噲以國讓其相子
之燕大亂十年燕太子平與其將市被欲攻子之儲子

謂湣王曰因而乘之破燕必矣是時秦魏伐韓韓求救於齊湣王謀救韓田臣思曰王之謀過矣子噲與子之國百姓不戴諸侯弗與秦伐韓楚趙必救之是天以燕賜我也王曰善乃許韓使者而遣之韓自以得交於齊遂與秦戰楚趙果起兵救韓湣王因令章子將王都之兵因北地之衆以伐燕破之燕君子之皆死齊遂虜燕衆毀其宗廟遷其重器將遂滅燕燕人不服諸侯皆謀救燕乃止十二年攻魏楚圍雍氏秦敗屈丐蘇代謂田

軫曰臣願有謁於公其為事甚完使楚利公成為福不成亦為福今者臣立於門客有言曰魏王謂韓馮張儀曰煑棗將拔齊兵又進子來救寡人則可矣不救寡人寡人弗能拔此特轉辭也秦韓之兵無東向餘則魏氏轉韓從秦秦逐張儀交臂而事齊楚此公之事成也田軫曰柰何使無東對曰韓馮之救魏之辭必不謂韓王曰馮以為魏必曰馮將以秦韓之兵東卻齊宋馮因摶三國之兵乗屈丐之弊南割於楚故地必盡得之矣張

儀救魏之辭必不謂秦王曰儀以為魏必曰儀且以秦韓之兵東距齊宋儀將摶三國之兵乘屈丏之獘南割於楚名存亡國實伐三川而歸此王業也公令楚王與韓氏地使秦制和謂秦王曰請與韓地而王以施三川韓氏之兵不用而得地於楚韓馮之東兵之辭且謂秦何曰秦兵不用而得三川伐楚韓以窘魏魏氏不敢東是孤齊也張儀之東兵之辭且謂何曰秦韓欲地而兵有案聲威發於魏魏氏之欲不失齊楚者有資矣魏氏

轉秦韓爭事齊楚楚王欲而無與地公令秦韓之兵不用而得地有一大德也秦韓之王刼於韓馮張儀而東兵以徇服魏公常執左券以責於秦韓此其善於公而惡張子多資矣二十三年與秦擊敗楚於重丘二十四年秦使涇陽君質於齊二十五年歸涇陽君於秦孟嘗君薛文入秦秦以為相是歲楚懷王入秦秦因留之二十六年文以計得脫歸復相齊因約韓魏共攻秦求出楚懷王二十八年三國攻秦至函谷軍焉秦與韓魏河

外以和兵罷楚懷王死於秦楚太子横先質於齊湣王與相薛文謀歸横立為頃襄王二十九年齊佐趙滅中山三十四年田甲刼湣王王疑相薛文使之文懼亡去已而知文無謀召之文遂老居薛三十六年王為東帝秦昭王為西帝蘇代自燕入齊見於章華東門王曰嘻善子來秦使魏冉致帝子以為何如對曰王之問臣也卒而患之所從來微今不聽是恨秦也聽之是恨天下也願王受之而勿庸稱也秦稱之天下安之王乃稱之

無後也秦稱之天下惡之王因勿稱以收天下此大資也且天下立兩帝王以天下為尊齊乎尊秦乎王曰尊秦曰釋帝天下愛齊乎愛秦乎王曰愛齊而憎秦曰兩帝立約伐趙孰與伐桀宋之利王曰伐桀宋利對曰夫與秦為帝則天下獨尊秦而輕齊釋帝則天下愛齊而憎秦伐趙不如伐桀宋之利故願王明釋帝以收天下而以其間舉宋夫有宋衛之陽地危有濟西趙之阿東國為有淮北楚之東國危有陶平陸梁門不開釋帝以

伐桀宋國重而名尊天下莫敢不聽此湯武之舉也以
敬秦為名而使天下憎之此所謂以卑為尊者也願王
熟慮之於是齊去帝復為王秦亦去帝位代之在燕固
與燕昭王謀勸齊伐宋以斃齊因謂湣王曰齊南破楚
西屈秦用韓魏之兵舉燕趙之衆猶鞭策也臣聞王者
必誅暴正亂舉無道攻不義今宋王射天笞地鑄諸侯
之象使侍屏匽展其臂彈其鼻此天下之無道不義而
王不伐名終不成且夫宋中國膏腴之地鄰民之所處

也與其得百里於燕不如得十里於宋伐之名則義實則利王何弗為湣王曰善三十八年使韓聶將而伐宋秦昭王聞之怒曰吾愛宋與愛新城陽晉同韓聶與吾友也而攻吾所愛何也蘇代為齊謂秦王曰韓聶之攻所以為王也齊强輔之以宋楚魏必恐恐必西事秦是王不煩一兵不傷一士無事而割安邑也此韓聶之所禱於王也秦王曰吾患齊之難知一從一衡其説何也對曰天下國令齊可知乎齊以攻宋其知事秦矣以萬

乗之國自輔不西事秦則宋治不安中國白頭游敖之士皆積智欲離齊秦之交伏式結靷西馳者未有一人言善齊者也伏式結靷東馳者未有一人言善秦者也何則皆不欲齊秦之合也何晉楚之智而齊秦之愚也晉楚合必議齊秦齊秦合必圖晉楚請以此決事秦王曰諾於是齊遂伐宋三覆宋兵宋王出亡死於溫齊南割楚之淮北西侵三晉欲以并周室為天子泗上諸侯鄒魯之君皆稱臣諸侯恐懼湣王驕甚欲去孟嘗君孟

嘗君出奔魏三十九年秦來伐拔我列城九四十年燕秦楚三晉合謀各出銳師以伐我敗我濟西王解而卻燕將樂毅遂入臨淄盡取齊之寶藏器初齊負郭之民有狐咺者正議湣王斮之檀衢故百姓不輔齊宗室子陳舉直言殺之東閭故宗族離心司馬穰苴為政者也亦殺之故大臣不親及燕兵至使向子將而應之軍破向子以一乘亡達子收餘卒復振與燕戰求所以賞者湣王不與軍遂破走王出亡之衛衛君辟宮舍之稱臣

而共具湣王不孫衛人侵之湣王去走鄒魯有驕色鄒魯弗内遂走莒楚使淖齒救齊因相湣王淖齒數湣王曰昔千乘博昌之間方數百里雨血沾衣王知之乎王曰不知嬴博之間地坼至泉王知之乎王曰不知人有當闕而哭者求之則不得去之則聞其聲王知之乎王曰不知淖齒曰天雨血沾衣者天以告也地坼至泉者地以告也人有當闕而哭者人以告也天地人皆以告矣而王不知戒焉何得無誅乎於是殺湣王於鼓里而

與燕共分齊之侵地卤嚣齊人有王孫賈者年十五事
湣王王出走失王處其母曰汝朝出而晚來則吾倚門
而望汝暮出而不還則吾倚閭而望汝今事王王出走
汝不知其處尚何歸賈乃入市呼曰淖齒亂齊國殺湣
王欲與我誅之者袒右市人從者四百人與之刺淖齒
殺之晝邑有賢者王蠋屢諫王王不聽退而耕於野燕
人知之令軍中無入晝邑三十里使人謂蠋曰齊人多
高子之義吾以子為將封萬家蠋固謝燕人曰子不聽

吾且屠畫邑蠋曰忠臣不事二君貞女不更二夫國既破亡吾不能存今又劫之以兵為君將是助桀為暴也與其生而無義固不如烹遂自經絶脰死齊亡大夫聞之曰王蠋布衣也義不北面於燕況在位食禄者乎乃相聚如莒求諸子欲立之湣王之死也王子法章易衣服變姓名為莒太史嬓家灌園太史嬓女奇其狀皃以為非常人憐而竊衣食之因與私通焉淖齒既死莒中人推求湣王子得法章立之是為襄王以保莒布告齊

國中曰王已立在莒矣時燕已下齊七十餘城惟莒即
墨未下田單堅守即墨襄王在莒五年田單以即墨攻
破燕軍迎襄王於莒入臨淄盡復齊故地封田單為安
平君十四年秦擊我剛壽十九年襄王卒子建立初襄
王之立也即以太史氏女為后是為君王后建之母也
太史嬓曰女不媒而嫁汙吾世終身不覿君王后君王
后賢亦不失人子之禮王建六年秦攻趙齊楚救之秦
計曰齊楚救趙親則退兵不親遂攻之趙無食請粟於

齊齊不聽周子曰不如聽之以退秦兵不聽則秦兵不卻是秦之計中而齊楚之計過也且趙之於齊楚扞蔽也猶齒之有脣也脣亡則齒寒今日亡趙明日患及齊楚且救趙之務宜若奉漏甕沃焦釜也夫救趙高義也卻秦兵顯名也義救亡國威卻强秦不務為此而務愛粟為國計者過矣齊王弗聽秦破趙長平四十餘萬遂圍邯鄲國子曰秦破馬服圍邯鄲齊魏亦佐秦伐邯鄲何也安邑者魏之柱國也晉陽者趙之柱國也鄢郢者

楚之柱國也秦固已取安邑晉陽鄗郢三國與秦壤界
矣今又劫趙魏疏中國封衛之東野兼魏之河内絶趙
之東陽則趙魏危矣趙危則非齊之利也夫韓魏楚趙
之志恐秦兼天下而臣其君故專兵一志以逆秦三國
與秦壤界而患急齊不與秦壤界而患緩是以天下之
勢不得不事齊也故秦得齊則權重於中國趙魏楚得
齊則足以敵秦秦趙魏得齊者重失齊者輕齊有此勢
不能以重於天下者何也其用者過也齊以淖齒之亂

惡楚秦欲取齊故使蘇涓之楚使任固之齊齊明謂楚王曰秦王欲楚不若欲齊之甚也其使涓來以示秦之有楚以資固於齊也齊見秦之有楚則必受固是王之聽涓也適為固驅以合齊秦也齊秦合非楚之利也且夫涓來之辭必非固之所以之齊之辭也王不如使人以涓來之辭漫固於齊齊秦必不合則王重矣王欲收齊以攻秦漢中可得也王欲以秦攻齊淮泗之間亦可得也十六年秦滅周君王后辛二十三年秦置東郡二

十八年王入朝秦秦王政置酒咸陽三十五年秦滅韓
三十七年秦滅趙三十八年燕使荆軻刺秦王秦王覺
殺軻明年秦破燕燕王亡走遼東明年秦滅魏秦兵次
於歴下四十二年秦滅楚明年虜代王嘉滅燕王喜四
十四年秦兵擊齊齊王聽相后勝計不戰以兵降秦王
建將入秦雍門司馬前曰所為立王者為社稷邪為王
邪王曰為社稷司馬曰為社稷立王王何以去社稷而
入秦王還車而反雍門司馬與即墨大夫即入見曰齊

地方數千里帶甲數百万夫三晉大夫皆不便秦而在阿甄之間者百數王收而與之百万之衆使收三晉之故地即臨晉之關可入矣鄢郢大夫不欲為秦而在城南下者百數王收而與之百万之衆使收楚故地即武關可入矣如此則齊威可立秦國可亡夫舍南面稱制乃西面事秦為大王不取也秦使陳馳誘齊王約與五百里地齊王不聽即墨大夫而聽陳馳遂入秦秦虜王建遷之共遂滅齊為郡天下一并於秦始君王后賢事

秦謹與諸侯信齊亦東邊海上秦日夜攻三晉燕楚五國各自救於秦以故王建立四十餘年不受兵秦始皇嘗使使遺君王后連環曰齊多知能解此連環否君王后以示羣臣羣臣不知解君王后引椎椎破連環謝秦使曰謹已解矣及君王后病且卒戒建曰羣臣之可用者某建曰請書之君王后曰善取筆牘受言君王后曰老婦已忘之矣君王后死后勝相齊多受齊閒金使賓客入秦秦又多與金客皆為反間勸王朝秦不脩攻戰

之脩不助五國攻秦秦以故得滅五國五國既亡秦兵卒入臨淄民莫敢格者王建遂降遷於共故齊人怨王建不早與諸侯合從攻秦聽姦臣賓客以亡其國歌之曰松邪柏邪住建共者客邪疾建用客之不詳也

蘇子曰蘇秦欲連諸侯以拒秦此一時良筭也公孫衍一說齊魏而蘇秦之約不能期年以壞衆志之不一其勢固難成哉然天方相秦人謀雖善將有不能支者彼韓魏趙楚與秦壤地相接雖欲勉强抗秦而干戈日至

勢不可矣如燕齊負海前有四國之限燕弱不足言如
齊之强使與四國合從推其有餘以補不足時出而拯
其亟雖秦之暴亦安能遂滅諸侯乎然威宣方以其力
攻伐諸侯諸侯不親湣王取宋破燕求逞其欲不暇及
遠而王建媮安自守僥倖秦之見容與五國相隨而亡
豈非天哉然吾觀六國之亡其君無一人可以守國者
楚考烈王死李園專國負芻與王猶爭立僅能自定而
秦兵至趙三遷信讒以誅李牧魏景湣王用秦閒以廢

信陵韓王安制於韓玘燕丹私怨始皇欲以刺客斃秦

雖使秦冠不作其勢亦不能久安矣而況秦秉其弊乎

古史卷二十三

欽定四庫全書

古史卷二十四　　　宋　蘇轍　撰

伯夷列傳第一

伯夷叔齊孤竹君之二子也父欲立叔齊及父卒叔齊讓伯夷伯夷曰父命也遂逃去叔齊亦不肯立而逃之國人立其中子於是伯夷叔齊聞西伯昌善養老皆往歸之蓋西伯受命稱王紂雖無道置而不伐者九年及文王崩武王終三年之喪帥諸侯之兵觀政於商而還

居二年紂日長惡不悛遂舉兵伐之伯夷叔齊乃相與扣馬陳君臣以諫左右欲兵之太公曰此義人也扶而去之（史記周本紀武王即位九年上祭于畢爲文王木主載之車中東觀兵孟津十一年遂伐誅紂伯夷傳記伯夷諫武王之言曰父死未葬爰及干戈可謂孝乎進退皆不可據故一取尚書爲信）武王已平殷亂天下宗周而伯夷叔齊耻之隱於首陽義不食周粟採薇而食之卒以餓死孔子稱之曰伯夷叔齊不念舊惡怨是用希衛出公與父莊公爭國冉有疑之曰夫子爲衛君乎子貢曰諾吾將問之入曰伯夷叔齊何

人也曰古之賢人也曰怨乎曰求仁而得仁又何怨出

曰夫子不爲也由此言之伯夷叔齊之出也父子之間

必有間言焉而能脫身以遠於亂安於喪亡不以舊惡

爲怨故凡言伯夷之不怨以讓國言之也孔子稱古之

逸民伯夷叔齊虞仲夷逸朱張栁下惠少連曰不降其

志不辱其身伯夷叔齊歟謂栁下惠少連降志而辱身

矣言中倫行中慮其斯而已矣謂虞仲夷逸隱居放言

身中清廢中權夫伯夷叔齊隱居以求其志行義以達

其道義之所在無以生爲也故志不降身不辱自柳下惠以下皆全生者也故志降身辱獨其言行不汙耳至於虞仲夷逸雖隱居不屈而佯狂放言身絜而言湯蓋未有若伯夷者故凡言伯夷之不辱以去周言之也

蘇子曰武王以大義伐商而伯夷叔齊亦以義非之二者不得兩立而孔子與之何哉夫文武之王非其求而得之也天下從之雖欲免而不得紂之存亡不復爲損益矣文王之置之知天命之不可先也武王之伐之知

天命不可後也然湯以克夏爲慙而孔子謂武未盡善則伯夷之義豈可廢哉宋昭公以無道弑春秋雖書曰宋人弑其君杵臼然晉荀林父衛孔達陳公孫寧鄭石楚伐宋以不討賊稱人晉靈公爲之會諸侯於扈以不討賊不叙明君臣之義不以無道廢也

古史卷二十四

欽定四庫全書

古史卷二十五　　　　宋　蘇轍　撰

管晏列傳第二

管夷吾仲者頴上人也少時嘗與鮑叔牙游鮑叔知其賢管仲貧困常欺鮑叔鮑叔終善遇之不以爲言已而鮑叔事齊公子小白管仲事公子糾及小白立爲齊侯公子糾死管仲囚鮑叔遂進管仲管仲旣用任政於齊桓公以霸九合諸侯一匡天下管仲之謀也管仲曰始

吾困時嘗與鮑叔賈分財利多自予鮑叔不以我爲貪知我貧也吾嘗爲鮑叔謀事而更窮困鮑叔不以我爲愚知時有利不利也吾嘗三仕三見逐於君鮑叔不以我爲不肖知我不遭時也吾嘗三戰三走鮑叔不以我爲怯知我有老母也公子糾敗召忽死之吾幽囚受辱鮑叔不以我爲無恥知我不羞小節而恥功名不顯於天下也生我者父母知我者鮑子也鮑叔既進管仲以身下之子孫世禄於齊有封邑者十餘世嘗爲名大夫

天下不多管仲之賢而多鮑叔能知人也管仲以區區之齊在海濱通貨積財富國强兵故其稱曰倉廩實而知禮節衣食足而知榮辱上服度則六親固四維不張國乃滅亡下令如流水之源俗之所欲因而予之俗之所否因而去之令順民心故論卑而易行刑賞必當不以其私故奪伯氏駢邑三百飯蔬食沒齒無怨言其於諸侯抑强暴扶寡弱來之以禮服之以義不以力勝不求苟得是以諸侯順服無與爭者狄滅邢衛言於桓公

與諸侯救而封之甯毋之會復言於公修禮於諸侯諸侯官受方物鄭子華將以鄭爲内臣却而不受於是鄭伯從之乞盟此其所以霸也管仲封於小穀魯莊公德之爲築其城嘗聘於周王以上卿之禮饗之管仲辭曰有天子之二守國高在若節春秋來承王事何辱命焉卒受下卿之禮而還然管仲家富侈擬於公室塞門反坫三歸官事不攝而桓公亦上僭王室内嬖如夫人者六人終以此敗故孔子譏其不知禮管仲既没齊國因

其遺業常强於諸侯至戰國之際諸子著書因管子之
説而益增之其廢情任法遠於仁義者多申韓之言非
管子之正也至其甚者言治國則以智欺其民言治外
則以術傾鄰國於是有不訾之寶石壁菁茅之謀使管
仲而信然則天下亦將以欺奪報之尚何以霸哉管仲
之後於齊無聞有管修者事楚爲賢大夫白公之亂死
焉史記稱管仲善因禍爲福轉敗爲功桓公實怒少姬
南襲蔡管仲因而伐楚責包茅之不入桓公實北伐
山戎管仲因而令燕修召公之政於柯之會桓公欲背
曹沫之盟管仲因而信之諸侯由是歸齊今考之此二

說皆非也桓公二十九年會諸侯于陽穀爲鄭謀楚是歲有蕩舟之事故明年伐楚因遂侵蔡蔡在楚之北故春秋先書侵蔡其實本爲伐楚動也山戎病燕故桓公爲燕伐之非不義也亦何待令燕修召公之政而後可哉如曹沫之事蓋出於戰國之雜說公羊不推本末而信之太史公又以爲然今刺客傳論之備矣皆不可信故不取也

蘇子曰孔子稱管仲相桓公九合諸侯不以兵車民到于今受其賜以仁許之至於子路稱其果而已曰仁則吾不知也然孟子以爲子路曾子之所畏而管仲曾西之所不爲何哉夫管仲之所以爲其國者至矣然其所

以不若三代者蓋求而後得之非其有餘而自及之也孟子有言居下位不獲於上民不可得而治也獲於上有道不信於友弗獲於上矣信於友有道事親弗悅弗信於友矣悅親有道反身不誠弗悅於親矣故人必先自信自信之餘而後親信之親信之餘而後友信之友信之餘而後君信之君信之餘而後能治民皆以其有餘及之未有不能誠身而能治民者也雖或能之民之報之也必粗夫子路自其誠身而為之矣而其功未足

以及民管仲其功足以及民矣而其身未嘗自信也故三歸反坫子路之所不爲而九合諸侯子路之所不能也由子路之道惟其不成成則堯舜是也由管仲之道止於是而已矣此孔子之所以取之而孟子之所以不予也

晏平仲嬰者齊之世家也父曰晏桓子桓子卒嬰麤衰斬草經帶杖菅屨食粥居倚廬寢苫枕草其老非之曰此非大夫之禮也嬰曰惟卿爲大夫不自直也晏子蓋

事齊靈公莊公景公三世以節儉力行重於齊食不重肉妾不衣帛祀其先人豚肩不揜豆世以為陋而晏子行之自若莊公之納欒盈晏子諫不從莊公卒以是死方其難作崔杼閉門齊人莫敢至者晏子獨立於其門其人曰死乎曰獨吾君也乎哉吾死也曰行乎曰吾罪也乎哉吾亡也曰歸乎曰君死焉歸君民者豈以陵民社稷是主臣君者豈以其口食社稷是養故君為社稷死則死之為社稷亡則亡之若為已死而為已亡非其

私暱誰敢任之且人有君而弑之吾焉得死之而焉得
亡之將庸何歸門啓而入枕尸股而哭三踊而出人謂
崔杼必殺之杼不敢曰此民之望也於是崔杼慶封盟
國人於太宫曰所不予崔慶者晏子仰天歎曰嬰所不
唯忠於君利社稷是予有如上帝乃歃崔慶既滅欒高
方執齊柄以邶殿之邑六十予晏子晏子辭弗受吳季
札聘於齊見晏子説之告之曰齊國之政將有所歸未
獲所歸難未歇也子速納邑與政乃免於難是時陳氏

陰收齊民季子與晏子知之晏子嘗以事適晉晉叔向問齊故晏子曰此季世也齊其為陳氏矣其後陳桓子卒滅欒高專齊之政子孫代有齊國晏子雖以行義顯齊然不得任其國政蓋從容風議時有所匡救焉晏子之宅近市景公欲為更之晏子曰先臣容焉臣不足以嗣之於臣侈矣抑小人近市朝夕得所求焉公曰子近市識貴賤乎對曰識之公曰何貴何賤於是景公繁於刑有鬻踊者對曰踊貴屨賤景公愀然為之省刑及其

適晉公遂更其室還使宅人反之曰匪宅是卜惟鄰是卜二三子先擇鄰矣其可違乎公不得已從之公有疾梁丘據言於公請誅祝史公以問晏子晏子曰日宋之盟屈建問范會之德於趙武武曰夫子之家事治言於晉國竭情無私其祝史祭祀陳信不愧建以語康王王曰神人無怨宜夫子之光輔五君以爲諸侯主也公曰子稱是語何故對曰有德之君上下無怨動無違事其祝史薦信而無愧心鬼神用享國受其福祝史與焉其

所以蕃祉老壽者爲信君使也其適遇淫君外内頗邪
上下怨疾神怒民痛無悛於心其祝史薦信是言罪也
其蓋失數美是矯誣也進退無辭則虚以求媚是以鬼
神不享國受其禍祝史與焉其所以夭昏孤疾者爲暴
君使也今山林之木虞衡守之澤之萑蒲舟鮫守之藪
之薪蒸虞候守之海之鹽蜃祈望守之縣鄙之人入從
其政偪介之關暴征其私承嗣大夫强易其賄布常無
藝徵歛無度宫室日更淫樂不違内寵之妾肆奪於市

外寵之臣僭令於鄙私欲養求不給則應民人苦病夫婦皆詛祝有益也詛亦有損聊攝以東姑尤以西其為人也多矣雖其善祝豈能勝億兆人之詛君欲誅於祝史修德而後可公説使有司寬政薄斂而疾有間遂田于沛晏子侍于遄臺梁丘據在焉公曰惟據與我和夫晏子對曰據亦同也焉得為和公曰和與同異乎對曰和如和羹水火醯醢鹽梅以亨魚肉燀之以薪宰夫和之齊之以味濟其不及以洩其過君子食之以平其心君

臣亦然君所謂可而有否焉臣獻其否以成其可君所謂否而有可焉臣獻其可以去其否是以政平而不干民無爭心詩曰亦有和羹既戒既平鬷假無言時靡有爭先王之濟五味和五聲以平其心成其政也聲亦如味一氣二體三類四物五聲六律七音八風九歌以相成也清濁大小短長疾徐哀樂剛柔遲速高下出入周疏以相濟也君子聽之以平其心心平德和故詩曰德音不瑕今據不然君所謂可據亦曰可君所謂否據亦

曰否若以水濟水誰能食之若琴瑟之專一誰能聽之同之不可也如是飲酒樂公曰古而無死其樂若何晏子曰古而無死則古之樂也君何得焉昔爽鳩氏始居此地季萴因之有逢伯陵因之蒲姑氏因之而後太公因之古若無死爽鳩氏之樂非君所願也其後復從容爲公言陳氏將代齊公信之而不能用其言之不囬類如此越石父賢在縲紲之中晏子出遭之解左驂贖之載歸弗謝入閨久之越石父請絶晏子戄然謝之曰嬰

雖不仁免子於厄何子求絶之速也石父曰吾聞君子屈於不知已而信於知已方吾在縲紲中彼不知我也夫子既已感寤而贖我是知已知已而無禮固不如在縲紲之中於是晏子延入爲上客晏子出其御之妻闚之其夫擁大蓋策駟馬意氣揚揚甚自得也既歸其妻請去夫問其故妻曰晏子長不滿六尺身相齊國名顯諸侯今者妾觀其出志念深矣常有以自下者今子長八尺乃爲人僕御然子之意自以爲足妾是以求去也

它日夫自抑損晏子怪而問之御以實對晏子薦以爲大夫晏子死陳乞逐高國晏子之子圉奔魯

蘇子曰管子以桓公伯然其家淫侈不能身蹈禮義晏子之爲人勇於義篤於禮管子蓋有愧焉然晏子事靈莊景公皆庸君功業不足道使晏子而得君如管仲之於桓公其所成就當與鄭子産比耳至於糾合諸侯攘却戎狄未必能若管子也唐姚元崇宋璟皆中興賢相然元崇好權利事武后立於羣枉之中未嘗有一言犯

之及事明皇帝時亦有所縱弛太廟棟毀廵游東都以
爲無害至於宋璟介絜特立於武后世排斥權倖身危
者數矣其於明皇帝亦未嘗有取容之言故世嘗以元
崇比管仲璟比晏子或庶幾焉

古史卷二十五

欽定四庫全書

古史卷二十六

宋 蘇轍 撰

柳下惠列傳第三

柳下惠者魯公族展氏也名禽仕魯為士師三黜不去人曰子未可以去乎曰直道而事人焉往而不三黜枉道而事人何必去父母之邦故魯雖不能用終身不去魯僖公二十六年齊孝公侵魯僖公使展喜犒師受命於展禽齊侯未入竟喜從之曰寡君聞君親舉玉趾將

辱於弊邑使下臣犒執事齊侯曰魯人恐乎對曰小人
恐矣君子則否齊侯曰室如懸罄野無青草何恃而不
恐對曰恃先王之命昔周公太公股肱周室夾輔成王
成王勞之而賜之盟曰世世子孫無相害也藏在盟府
太師職之桓公是以糾合諸侯而謀其不協彌縫其闕
而匡救其災昭舊職也及君即位諸侯之望曰其帥桓
之功我弊邑用不敢保聚曰豈其嗣世九年而棄命廢
職其若先君何君必不然恃此以不恐齊侯乃還海鳥

曰爰居止於魯東門之外三日臧文仲使國人祭之展
禽曰異哉臧孫之爲政也夫聖王之制祀也法施於民
則祀之以死勤事則祀之以勞定國則祀之能禦大災
則祀之能捍大患則祀之非此族也不在祀典今海鳥
至不知而祀之難以爲仁且智矣夫仁者講功智者處
物無功而祀之非仁也不知而不能周非智也今茲海
其有災乎夫廣川之鳥獸常知避其災害是歲也海多
大風冬溫臧文仲聞之曰信吾過也使書以爲三筴故

孔子曰臧文仲其不仁者三不知者三下展禽廢六關
妾織蒲三不仁也作虛器縱逆祀祀爰居三不知也文
曰臧文仲其竊位者與知柳下惠之賢而不與立也及
孔子叙古之逸民謂伯夷叔齊不降其志不辱其身謂
柳下惠少連降志辱身言中倫行中慮謂虞仲夷逸隱
居放言身中清廢中權我則異於是無可無不可孟子
因之曰伯夷聖之清者也柳下惠聖之和者也伯夷非
其君不事非其民不使思與鄉人立其冠不正望望然

去之若將浼焉柳下惠不羞汙君不辭小官曰爾為爾
我為我雖袒裼裸裎於我側安能浼我哉夫二子之行
不至於此而其風之所及則有至是者與蓋孔子稱作
者七人其三人伯夷叔齊柳下惠皆見於書其四人朱
張少連夷逸皆不見虞仲或曰太伯之弟所謂仲雍者
也蓋始斷髮文身以治句吳儻或是歟
蘇子曰伯夷叔齊不降其志不辱其身義不事武王而
柳下惠降志辱身三黜於魯而不去行若氷炭之異而

聖人皆取之者其心一也心苟不然則伯夷必陷於狷
柳下惠必陷於鄉原而孔子奚取焉易曰君子之道或
出或處或默或語二人同心其利斷金夫君子平治其
心外累既盡至於不可加損人莫得而見也雖其出處
語默應於外者不一而其中未嘗違仁然後知其為同
耳然孔子之論此三人或謂之賢人或謂之仁人未嘗
以聖人許之孔子曰見善如不及見不善如探湯吾聞
其語矣吾見其人矣隱居以求其志行義以達其道吾

聞其語矣未見其人也齊景公有馬千駟死之日民無得而稱焉伯夷叔齊餓於首陽之下民到於今稱之其斯之謂歟蓋孔子之稱夷齊以爲賢於當世之君子至於當世諸侯大夫則不能望其垣墻耳非以爲堯舜等比也故其叙逸民亦曰我則異於是無可無不可夫人而不能無可無不可而尚足以爲聖人乎至孟子始謂伊尹伯夷柳下惠皆古之聖人與孔子異而世俗又從而廣其說曰此三人者皆聖人之趨時者也伊尹之後

士多進而寡退故伯夷出而矯之伯夷之後士多退而寡進故柳下惠出而矯之夫三代之風令世不得見矣而春秋之際士方以功利爲急孰謂其多退而寡進也哉此皆妄意古人耳湯之稱伊尹曰聿求元聖與之戮力以與爾有衆請命伊尹之自稱亦曰維尹躬暨湯咸有一德克享天心受天明命以有九有之師及孔子叙書皆不以爲過謂之聖人或庶幾焉如伯夷柳下惠吾從孔子而已

欽定四庫全書

古史卷二十七　　　宋　蘇轍　撰

曹子臧吳季札列傳第四

曹子臧者曹宣公之庶子也名欣時宣公之十九年會諸侯伐秦而卒于師曹人使公子負芻守使欣時逆公之喪負芻殺其世子而自立諸侯將討之宣公既葬子臧欲亡去國人皆將從之負芻懼告罪且請焉子臧反而置其邑負芻之二年諸侯來討執而歸之京師將以

子臧見王而立之子臧辭曰志有之聖達節次守節下失節爲君非吾節也雖不能聖敢失守乎遂逃奔宋明年曹人告於晉請歸負芻而反欣時晉侯謂子臧反吾歸而君子臧反曹伯歸子臧盡置其邑與卿而不出孔子善之故於負芻之歸也書曰曹伯歸自京師春秋諸侯失地必名於其反也書曰自某歸于某曹伯不名而書曰歸自京歸言無與爭國者也其後二十年而吳季子稱子臧之義讓其兄諸樊吳季札者吳子壽夢之幼

子也凡弟四人長曰諸樊次曰餘祭次曰夷昧次曰季
札季札賢父欲立之季札讓不可則立諸樊諸樊既除
喪復欲立季札季札辭曰曹宣公之卒也諸侯與曹人
不義曹君將立子臧子臧去之以成曹君君子曰能守
節君義嗣也誰敢干君有國非吾節也札雖不才願附
於子臧之義以無失節固立之棄其室而耕乃舍之諸
樊十三年卒有命立餘祭欲以次必致國於季子餘祭
四年卒夷末立使季子聘於上國至魯說叔孫穆子曰

子其不得死乎好善而不能擇人吾聞君子務在擇人吾子爲魯宗卿而任其大政不慎舉何以堪之請觀於周樂使工爲之歌周南召南曰美哉始基之矣猶未也然勤而不怨矣爲之歌邶鄘衛曰美哉憂而不困者也吾聞衛康叔武公之德如是是其衛風乎爲之歌王曰美哉思而不懼其周之東乎爲之歌鄭曰美哉其細已甚民弗堪也是其先亡乎爲之歌齊曰美哉泱泱乎大風也哉表東海者其太公乎國未可量也爲之歌豳曰

美哉蕩乎樂而不滛其周公之東乎爲之歌秦曰此之謂夏聲夫能夏則大大之至也其周之舊乎爲之歌魏曰美哉渢渢乎大而婉儉而易行以德輔此則盟主也爲之歌唐曰思深哉其有陶唐氏之遺民乎不然何憂之遠也非令德之後誰能若是爲之歌陳曰國無主其能久乎自鄶以下無譏焉爲之歌小雅曰美哉思而不貳怨而不言其周德之衰乎猶有先王之遺民焉爲之歌大雅曰廣哉熙熙乎曲而有直體其文王之德乎爲

之歌頌曰直而不倨曲而不屈邇而不偪遠而不攜遷
而不淫復而不厭哀而不愁樂而不荒用而不匱廣而
不宣施而不費取而不貪處而不底行而不流五聲和
八音平節有度守有叙盛德之所同也見舞象箾南籥
者曰美哉猶有憾見舞大武者曰美哉周之盛也其若
此乎見舞韶濩者曰聖人之弘也而猶有慚德聖人之
難也見舞大夏者曰美哉勤而不德非禹其誰能修之
見舞韶箾者曰德至矣哉大矣如天之無不幬也如地

之無不載也雖甚盛德其蔑以加於此矣觀止矣若有
他樂吾不敢請已遂聘於齊說晏平仲謂之曰子速納
邑與政無邑無政乃免於難齊國之政將有所歸未獲
所歸難未歇也故晏子因陳桓子以納政與邑是以免
於欒高之難聘於鄭見子產如舊相識與之縞帶子產
獻紵衣焉謂子產曰鄭之執政侈難將作矣政必及子
子爲政慎之以禮不然鄭國將敗適衛說蘧瑗史狗史
鰌公子荊公叔發公子朝曰衛多君子未有患也自衛

如晉將宿於戚聞鐘聲焉曰異哉吾聞之也辯而不德必加於戮夫子獲罪於君以在此懼猶不足而又何樂夫子之在此也猶燕之巢於幕上君又在殯而可以樂乎遂去之文子聞之終身不聽琴瑟適晉說趙文子韓宣子魏獻子曰晉國其萃於三族乎說叔向將行謂叔向曰吾子勉之君侈而多良大夫皆富政將在家吾子好直必思自免於難季子之初使過徐徐君好其寶劍口弗敢言季子心知之為使上國未獻也及還至徐徐

君已死遂解劒懸之徐君冢樹而去從者曰徐君死矣
尚誰予季子曰始吾心已許之豈以死背吾心哉夷昧
十七年卒吴人將以先君之命立季子季子逃去吴人
乃立夷眛之子僚諸樊之子光以僚之立也不順陰養
死士欲以為亂僚立十二年將因楚平王之喪伐楚復
使季子出聘以觀諸侯季子至齊而長子死葬於嬴愽
之間孔子聞之曰延陵季子吴之習於禮者也往吊而
觀馬坎深不至於泉歛以時服既葬而封廣輪揜坎其

高可隱左袒右旋而號者三曰骨肉歸復於土魂氣無不之也已而遂行孔子曰延陵季子之於禮也其合矣乎及季子歸則光已弑僚矣季子復命哭墓復位而待曰苟先君無廢祀民人無廢主社稷有奉國家無傾乃吾君也吾誰敢怨哀死事生以待天命非我生亂立者從之古之道也季子復事闔廬夫差年九十餘楚子期伐陳吳使季子救之季子謂子期曰二君不務德而力爭諸侯民何罪我請退以爲子名務德而安民乃還後

十二年而吴亡季子葢已没矣

蘇子曰春秋之際世不知義而以權利為貴雖齊桓晉文皆以争國成名者也如子臧之於曹季子之於吴皆有可取之義棄而不顧而況於争乎予髙二子之義欲考其行事而子臧反國而致事事不復見季子事吴九十餘年觀其掛劔於墓不以死背其心葬子嬴博不以恩累其志引兵避楚不以名害其德葢其所以養心者至矣雖禄之天下將有所不受而況於吴乎彼其所養

者誠重故也

古史卷二十七

欽定四庫全書

古史卷二十八　　　宋　蘇轍　撰

晉范文子列傳第五

晉范氏陶唐氏之後也陶唐在周爲杜氏宣王誅杜伯其子隰叔入晉范氏之祖也隰叔之子曰士蔿事晉獻公爲司空蔿之子曰會逮事文公爲戎右事景公爲上卿秉國政晉國之盜逃歸於秦所謂范武子也武子生文子文子名燮郤獻子克有憾於齊武子請老以避之

文子始佐下軍有秦客廋辭於朝大夫莫能對文子知之歸以告武子武子怒曰爾以童子掩人於朝吾死亡無日矣擊之杖折其委笄已而從郤獻子伐齊勝之歸而後入武子曰何後也對曰師以喜歸恐人屬耳目於我也武子乃喜曰吾免矣景公之季年欒武子爲政以文子及知莊子韓獻子爲謀主師不妄出出輒有功欒武子所以能保晉國者三人力也及厲公即位三郤驕侈而公多外寵六年將與楚爭鄭文子畏其成功也言

於公曰若逞吾願諸侯皆叛晉可以逞若惟鄭叛晉國之憂可立竢也欒武子曰不可以當吾世而失諸侯必伐鄭乃興師及河聞楚師將至文子欲還曰我僞逃楚可以紓憂夫合諸侯非吾所能也我若羣臣輯睦以事君多矣武子又不可六月晉楚遇於鄢陵文子不欲戰曰吾先君之亟戰也有故齊狄秦楚皆强不盡力子孫將弱今三强服矣敵楚而已惟聖人能外内無患自非聖人外寧必有内患盍釋楚以爲外懼乎甲午晦楚晨

壓晉軍而陳軍吏患之文子之子匄進曰若塞井夷竈陳於軍中而疏行首何患文子執戈逐之曰國之存亡天也童子何知焉遂戰晉人勝楚而歸文子立於戎馬之前曰君幼諸臣不佞何以及此君其戒之周書曰惟命不于常有德之謂厲公卒不悟文子歸而使其祝宗祈死曰君驕侈而克敵是天益其疾也難將作矣愛我者惟祝我使我速死范氏福也遂自殺公果欲盡去諸大夫而立其左右先去三郤將殺欒書中行偃而不忍

書偃懼遂弑公及其外嬖而立悼公文子之子曰宣子
匄爲晋執政傳子鞅及孫吉射而敗爲趙氏所滅
蘇子曰欒武子始用智范韓所至有功一不用文子幾
不免死雖免死卒蒙弑君之惡嗚呼死生之於人亦大
矣文子以死易亂而欒武子耻失諸侯不知兵之加其
頸也其愚知蓋已遠矣趙文子與叔向游於九原論晋
大夫之賢者稱范武子夫武子文子吾未知其孰賢彼
以死生取之是以遺文子與

古史卷二十八

古史卷二十九

宋 蘇轍 撰

晉叔向列傳第六

叔向晉之公族也名肸氏曰羊舌其祖羊舌大夫事獻公爲軍尉從申生伐皐落氏勸申生以死易亂者也其子職佐祁奚爲軍尉生子四人長曰赤次曰肸次曰虎季曰鮒赤與肸皆賢職死祁奚言赤於悼公以代其父所謂銅鞮伯華也三世皆賢人叔向事悼公平公昭公

習於禮而勇於義以直聞於諸侯雖不專任晉國而晉之執政趙文子韓宣子皆訪之而後行晉國賴焉欒懷子好施而多士范宣子畏而逐之叔虎以力嬖於懷子宣子殺虎并囚伯華叔向欒王鮒幸於平公見叔向曰吾爲子請叔向不應人問其故叔向曰必祁大夫室老聞之曰樂王鮒言於君無不行求赦吾子吾子不許祁大夫所不能也而曰必由之何也叔向曰樂王鮒從君者也何能行祁大夫外舉不棄讎内舉不失親其獨遺

我乎詩曰有覺德行四國順之夫子覺者也公問叔向
之罪於樂王鮒對曰不棄其親其有焉於是祁奚老矣
聞之乘馹而見宣子曰詩曰惠我無疆子孫保之書曰
聖有謨訓明徵定保夫謀而鮮過惠訓不倦者叔向有
焉社稷之固也猶將十世宥之以勸能者今一不免其
身以棄社稷不亦惑乎鯀殛而禹興伊尹放太甲而相
之卒無怨色管蔡為戮周公右王若之何其以虎也棄
社稷子為善誰敢不勉多殺何為宣子說與之乘以言

諸公而免之不見叔向而歸叔向亦不告免焉而朝平公十二年晉楚會盟於宋楚人衷甲趙文子患之以告叔向叔向曰何害匹夫一為不信猶不可單斃其死若合諸侯之卿以為不信必不捷矣食言者不病非子之患也將盟楚人爭先叔向曰諸侯歸晉之德只非歸其尸盟也子務德無爭先既罷楚子木歸以語其君曰宜晉之伯也有叔向以佐其卿楚無以當之二十一年楚靈王求昏于晉韓宣子送女叔向為介過鄭鄭子太叔

謂叔向曰楚王汰侈已甚子其戒之叔向曰汰侈已甚身之災也安能及人若奉吾幣帛守之以信行之以禮雖汰侈若我何及楚楚人弗逆楚王朝其大夫曰晉吾仇敵也今其來者上卿與上大夫也我若以韓起為閽以羊舌肸為司宮足以辱晉矣何如大夫莫對薳啓彊質讓楚子楚子謝焉乃厚其禮而歸之明年楚公子棄疾來報平公將亦弗逆叔向曰楚辟我衷若之何效辟詩曰爾之教矣民胥效矣從我而已安用效人之辟書

曰聖作則無寧以善人為則而則人之辟乎平公說乃
逆之平公之季年成虒祁之宮諸侯來賀歸而賤之皆
有二心及昭公立叔向知晋德之衰而力不能救言於
朝曰諸侯不可以不示威乃並徵會三年七月會于平
丘將尋盟齊人不可昭公使叔向告劉獻公曰抑齊人
不盟若之何對曰盟以底信君苟有信諸侯不貳何患
焉告之以文辭董之以武師雖齊不許君庸多矣天子
之老請帥王賦元戎十乘以先啓行遲速唯君叔向告

于齊曰諸侯尋盟既在此矣今君弗利寡君以爲請對
曰諸侯討貳則有尋盟若皆用命何盟之尋叔向曰國
家之敗有事而無業事則不經有業而無禮經則不序
有禮而無威序則不共有威而不昭共則不明不明棄
共百事不終所由傾覆也是故先王之制使諸侯歲聘
以志業間朝以講禮再朝而會以示威再會而盟以顯
昭明志業於好講禮於等示威於衆昭明於神自古以
來未之或失也存亡之道常由是興晉禮主盟懼有不

治奉承齊犧而布諸君求終事也君曰余必廢之何齊之有唯君圖之寡君聞命矣齊人懼曰小國言之大國制之敢不聽從既聞命矣敬共以往遲速唯君叔向曰諸侯有間矣不可以不示衆八月辛未治兵建而不旆壬申復旆之諸侯畏之然後就盟叔向事晋見其盛衰及其老也君弱臣强各營其私不在諸侯叔向區區其間弥縫其闕救敗而已其才不盡用也齊侯使晏嬰如晋叔向從之燕語齊晋之故晏子曰齊其為陳氏矣叔

向曰然雖吾公室亦季世也晏子曰子將若何叔向曰
晋公族盡矣公室將畢宗族枝葉先落肸之宗十一族
惟羊舌氏在耳肸又無子公室無度幸而得死豈其獲
祀凡叔向所言諸侯大夫吉凶得失之際後多信者平
公作虒祁之宫石言於魏榆叔向曰是宫也成諸侯必
叛君必有咎三年而平公卒諸侯不服楚靈王因陳亂
以滅陳又將討蔡韓宣子問焉叔向曰蔡侯得罪于君
父而不能其民天將假手於楚以斃之何故不克然不

信以幸不可再也楚王奉孫吳以討陳曰將定而國陳人聽命而遂縣陳令又誘殺蔡侯雖幸而克必受其咎天之假助不善非祚之也厚其惡而降之罰也既而楚人滅蔡二年而弒靈王楚子干自晉歸于楚韓宣子疑其得立叔向以其無德與人也知其不克子干卒死蓋叔向之母亦賢人也叔虎之母美而不使其子諫之母曰深山大澤實生龍蛇彼美吾懼其生龍蛇以害女非嫉之也使往視寢生叔虎美而有力欒氏之難羊舌氏

卒被其䣛叔向將娶於申公巫臣氏其母欲娶其黨叔
向曰吾母多而庶鮮吾懲舅氏矣其母曰子靈之妻殺
三夫一君一子而亡一國兩卿矣可無懲乎吾聞之甚
美必甚惡是鄭穆少妃姚子之子貉之妹也子貉早死
無後而天鍾美於是將必以是大有敗也昔有仍氏生
女黰黑而甚美光可以鑑名曰玄妻樂正后夔娶之生
伯封實有豕心貪惏無厭忿纇無期謂之封豕有窮后
羿滅之夔是以不祀且三代之亡共子之廢皆是物也

女何以爲哉夫有尤物足以移人苟非德義則必有咎叔向懼不敢取平公强使取之生伯石伯石始生子容之母走謁諸姑曰長叔姒生男姑視之及堂聞其聲而還曰是豺狼之聲也非是莫喪羊舌氏矣及叔向死晉人誅祁盈伯石黨於祁氏并及於難羊舌氏絶鮒字叔魚叔向之季弟也貪而多詐平丘之會攝君司馬求貨於衛淫芻蕘者衛人請於叔向叔向數其罪而止淫者晉以莒故執魯季孫意如既而將歸之季孫請受命於

會韓宣子患之使叔向叔向辭不能則請使鮒鮒見季孫而泣曰昔吾逃罪於魯由武子以不死今歸子而不歸將館子於西河柰何季孫懼而請歸士景伯如楚使鮒攝理邢侯與雍子爭鄐田雍子納女於鮒鮒蔽罪邢侯邢侯怒殺鮒與雍子於朝韓宣子問其罪叔向曰雍子自知其罪而賂以買直鮒也鬻獄邢侯專殺其罪一也已惡而掠美為昏貪以敗官為墨殺人不忌為賊夏書曰昏墨賊殺臯陶之刑也乃施邢侯而尸雍子與叔

魚於朝仲尼曰叔向古之遺直也治國制刑不隱於親曰義也夫可謂直矣蓋少之云爾

蘇子曰樂王鮒言於君無不從欲為叔向請以其同也棄而不應祁大夫老矣無位於朝以其覺也知其必為已言何其明哉不然晉楚之際亦多故矣同盟有衷甲之變交聘有司宮之禍苟明不足以應之身受其辱而國被其患可勝言哉然平丘之會齊人不服叔向詰之以禮威之以衆攘臂而仍之僅乃得之烏乎殆哉彼不

幸而老於哀晉蓋不得已而然歟

古史卷二十九

欽定四庫全書

古史卷三十

宋 蘇轍 撰

鄭子産列傳第七

鄭子産名僑鄭穆公之孫公子發之子也發之字曰子國故曰國僑子國亦鄭之良大夫也與子駟子展同事成公僖公為三卿晉楚之兵無歲不至於鄭鄭人不知所從簡公元年子産尚少子國子耳侵蔡獲蔡公子燮國人皆喜惟子産不順曰小國無文德而有武功禍莫

大馬晉楚爭鄭必自是始不四五年不能安也三年尉止怨子駟聚羣不逞攻而殺之并及子國子耳子西聞盜不儆而出尸而攻盜盜入於北宮臣妾多逃器用多喪子產聞盜為門者庀羣司閉府庫完守備成列而後出兵車十七乘尸而攻盜國人助之盜衆盡死旣而子孔當國為載書使諸司聽命於巳衆弗順將誅之子產止之請為之焚書子孔曰為書以定國衆怒而焚之是衆為政也子產曰衆怒難犯專欲難成子必從之不然

必亂乃焚書於倉門之外衆乃定盖子產一出而國人
知其賢矣簡公十二年子孔得罪死子產為卿大夫良
霄侈而愎公孫黑富而陵上有争而未決大夫相與盟
之矣國人憂之其賢者裨諶駿蔑相與言曰雖盟禍未
歇也必三年而後紓蔑曰政將焉往諶曰善之代不善
天命也其焉避子產天禍鄭久矣其必使子產息之明
年黑攻良霄殺之大夫皆不安其上卿子皮以政授子
產子產辭曰國小而偪族大寵多不可為也子皮曰虎

師以聽誰敢犯子國無小小能事大國乃寛子産許之
是時簡公之十八年也子産為鄭内協和大臣外敬事
諸侯選賢以任事立法以齊衆行之二十二年定公八
年而卒鄭人安之諸侯敬之復以政授子太叔鄭以無
患者久之盖子産之為政慮遠而事詳凡其所施鮮不
適理故無後害其稱曰政如農功日夜思之思其始而
成其終朝夕而行之行無越思如農之有畔使國人都
鄙有章上下有服田有封洫廬井有伍行之一年而民

謗之三年而民誦之子皮如晉葬平公將以幣行子產
曰喪焉用幣用幣必百兩百兩必千人千人至將不行
幾千人而國不亡子皮不從旣葬將以幣見新君晉人
辭之盡幣而歸乃歎曰欲敗度縱敗禮夫子知度與禮
矣我實縱欲而不能克也平丘之會子產與子太叔從
君子產以幄幕九張行子太叔以四十旣而悔之每舍
損焉先會一日子產命外僕速張於除太叔止之請待
明日往則無所張矣堵女父爲亂死堵狗娶於晉范氏

懼其挾范氏以報也奪狗之妻而歸之晉晉以州田賜公孫段子產如晉為其子施歸田韓宣子辭子產曰縱子為政而可後之人若屬有封疆之言弊邑獲戾而豐氏受其大討敢固以請晉人受之凡政無大小其慮之必預而處之必審類如此矣然鄭之賢者無一不用馮簡子能斷大事子太叔美秀而文公孫揮能知四國之為而辯於其大夫之族姓班位貴賤能否又善為辭令裨諶能謀謀於野則獲於邑則否鄭國將有諸侯之事

子產乃問四國之為於子羽且使多為辭令與裨諶乘以適野使謀可否而告馮簡子使斷之事成乃授子太叔行之以應對賓客是以鮮有敗事其要皆主於禮而加之以敬凡鄭伯將適楚必以告於晉適晉必以告於楚既朝而反又使大夫聘焉以謝不敏其應接諸侯亦無所不盡禮衛北宮文子相衛侯以如楚過鄭印段勞于棐林如聘禮而以勞辭文子入聘子羽為行人馮簡子與子太叔逆客文子言於衛侯曰鄭有禮數世之福

也然義之所在雖大國有不懼者矣鄭伯適晉晉以魯喪未之見也子產壊其館之垣以納車馬晉人來讓子產對曰諸侯舍於隷人門不容車若不壊是無所容幣以重罪也請修垣而行趙文子愧焉乃築諸侯之館楚公子圍將娶于公孫段氏國人畏其詐而襲鄭也子產使行人揮辭焉乃館于外既而將以衆逆復使揮言其情楚人知其有備乃請垂櫜而入平丘之盟子產爭承曰鄭男也而公侯之貢懼弗給也自日中而爭至昏晉

人許之韓宣子來聘求貫人之玉子太叔子羽皆欲予
之子産曰大國之求無禮以斥之吾且爲鄙邑矣卒不
予鄭大火子産授兵登陴子太叔曰晉將以爲討子産
曰小國忘守則危況有災乎晉人來讓子産辭焉亦止
駟偃卒其子絲晉大夫之甥也以弱故弗立父兄立瑕
晉人來問其故大夫憂之子産弗謀而對曰天實剝亂
駟氏其孤幼弱父兄私謀而立長親寡君弗敢知其誰
實知之若鄭之二三臣而晉大夫專制其位是晉縣鄙

也何國之爲晉人舍之故雖晉楚之强不敢加之至於父兄率常厚之以恩使無怨焉以與亂子晳攻伯有逐之子産與之盟而撫之伯有死子産枕其股而哭之歛其死者而殯之駟氏將攻之子皮怒曰殺有禮必有禍乃止公孫段貪而無耻子産有事賂以其邑子太叔曰若四國何子産曰非相違也而相從也四國何爲鄭書曰安定國家必大焉先姑先安定以待其所歸可也旣伯石懼而歸邑子晳與子南爭室子晳櫜甲而見子南

子南擊之傷大夫謀之子産曰直鈞幼賤有罪遂行子南然亦時其有罪而致討焉豐卷將祭請田勿許曰惟君用鮮衆給而已卷怒退而徵役子産奔晉子皮止之歸而逐卷公孫黒將作亂傷疾作而不果子産在鄙來傳而歸數其三罪而戮之尸諸周氏之衢故諸大夫畏而愛之子産既治鄭名髙於諸侯其爲人博識而有辭凡具所言諸侯紀之晉范宣子爲政諸侯之幣重子産以書責之宣子爲之輕幣鄭入陳子産獻捷於晉戎服

將命晉人詰之不屈趙文子曰其辭順犯順不祥乃受之晉平公有疾卜之曰實沉臺駘爲祟史不能知又夢黄能入於寢門亦莫知也問之子産子産推言其實晉人貴之子産善因事而行義寛猛無常曲直無固惟義所在鄭人游於鄉校以論執政然明謂子産盍毁鄉校子産曰其所善者吾行之其所惡者吾改之是吾師也若之何毁之其於聽言如恐不及也然孔張失位晉客笑之富子諫曰國無禮何以求榮孔張之陋吾子之耻

也子産怒曰邪辟之人而皆及執政是先王無刑罰也
子寧以它規我有星孛于大辰其占在鄭裨竈曰若我
用瓘斝玉瓚鄭將不火子産不予既火又曰不用吾言
鄭又將火鄭人請用之子太叔曰若有火國幾亡子何
愛焉子産曰天道遠人道邇竈焉知天道卒不予亦不
復火鄭大水龍鬬于時門之外國人請禜之子産曰我
鬬龍不我覿也龍鬬我獨何覿焉禳之則彼其宮也吾
無求於龍龍亦無求於我乃止子産之不惑於禨祥至

矣然或夢伯有介而行言將殺帶與段旣而皆信則爲之立良止以撫之而并立公孫洩以爲說君子之爲政本之以人情畫之以物理人情物理之所及雖鬼神幽冥之際無不爲也子產於此蓋得之矣實沉臺駘晉星也晉之所當祀也黃能鯀也鯀爲夏郊三代祀之晉爲盟主亦所當祀也至於伯有鄭之世大夫也死而爲孽爲之立後而止固其理也若夫星孛于大辰而欲用瓘斝玉瓚龍鬬於時門從而禜之此巫祝之事未見理之當然者固君子之所不許也凡子產所爲無不曲當者惟作丘甲渾罕譏之而鄭卒先衛亡鑄刑書叔向譏之而子產之後鄭細日甚簡公之三十五年晉趙武死公如晉弔趙氏辭焉及

雍而復魯季友如陳葬原仲大夫越國而送葬春秋譏之鄭以人君而吊隣國之大夫此非知禮者之所爲使晉以爲口實而責其餘鄭必有不能堪者而子産行之何哉

蘇子曰子産爲鄭不以禮法假人凜乎其不可犯之將死戒子太叔曰我死子必爲政惟有德者能以寛服人其次莫如猛火烈人望而畏之則鮮死水弱人狎而翫之則多死故寛難子太叔爲政不忍猛鄭國多盜然後

悔之由此言之子產豈徒寛惠者哉然孔子之稱子產曰惠人又以為古之遺愛儒者由此意之故孟子言子產以乗輿濟人於溱洧以為惠而不知為政甚者又曰子產猶衆人之母能食之而不能教也此皆非子產之實蓋惠而愛人無禮法以將之則有所不行若子產則以禮法行惠者也孔子之說云爾

古史卷三十

欽定四庫全書

古史卷三十一　　宋　蘇轍　撰

孔子列傳第八

孔子之先宋湣公之長子曰弗父何湣公之亡也公弟煬公熙立弗父何之弟鮒祀弒煬公而以國授何何弗受鮒祀立是為厲公而何世為宋大夫其曾孫曰正考父考父之子曰孔父嘉嘉為華父督所殺其子奔魯始為郰人孔子之曾大父曰孔防叔生伯夏伯夏生叔梁

紇以勇力聞於諸侯與顔氏女野合而生孔子禱於尼丘故名之曰丘字仲尼孔子之生魯襄公之二十二年也孔子爲兒嬉戲常陳俎豆設禮容幼而喪父葬於防山母諱之不以告及母死不知其墓乃殯於五父之衢有過而疑者因問之得於聊曼父之母然後合葬於防孔子長九尺六寸人皆謂之長人蓋未有知之者嘗爲委吏會計當嘗爲乘田畜蕃息年三十有四魯大夫孟僖子病且死召其大夫而屬之曰禮人之幹也無禮無

以立吾聞將有達者曰孔丘聖人之後也而滅於宋其
祖弗父何以有宋而授厲公及正考父佐戴武宣三命
茲益恭故其鼎銘云一命而僂再命而傴三命而俯循
牆而走亦莫予敢侮饘於是粥於是以糊予口其恭如
是臧孫紇有言曰聖人之有明德者若不當世其後必
有達人今其將在孔丘乎我死必屬說與何忌於夫子
使事之而學禮焉以定其位故孟懿子與南宮敬叔皆
師事孔子孔子將觀禮於周敬叔言於魯君予之一乘

車兩馬一豎子孔子得以適周問禮於柱下史老聃將辭去聃送之曰富貴者送人以財仁人送人以言吾不能富貴竊仁人之號夫聰明深察而近於死者好議人者也慱辯廣大危其身者發人惡者也為人子者無以有已為人臣者無以有已孔子自周反於魯弟子稍益進焉明年魯昭公孫於齊季平子專國季氏饗士孔子要絰而往陽虎絀曰季氏饗士非敢饗子也孔子由是退史記稱孔子年十七而孟僖子死書季氏饗士孔子要絰而往在孟僖子死前案左傳孔子年十七當魯

昭公七年是歲孟僖子相昭公如楚病不克相禮耳僖子之死實昭公二十四年則孔子年三十四矣又昭公二十五年陽虎始見然則孔子要經亦當在此後故皆改正之魯方亂孔子適齊為高
昭子家臣欲以通乎景公在齊聞韶學之三月不知肉
味景公問政孔子曰君君臣臣父父子子景公曰善哉
信如君不君臣不臣父不父子不子雖有粟吾得而食
諸是時景公失政其大夫田氏厚施以奪其民而公不
悟故孔子及之它日復問昔秦穆公國小處辟其伯何
也對曰秦國雖小其志大處雖辟行中正身舉五羖爵

之大夫起纍紲中與語三日授之以政以此取之雖王
可也其伯小矣景公說史記言孔子年三十齊景公與晏嬰適魯問孔子以秦穆公事又於齊世家言景公獵魯郊因入魯與晏嬰俱問魯禮左傳皆不載恐出於戰國雜說故正之於此將以
尼谿田封孔子晏嬰進曰夫儒者滑稽而不可軌法倨
傲自順不可以為下崇喪遂哀破產厚葬不可以為俗
游說乞貸不可以為國自大賢之息周室既衰禮樂缺
弛今孔子盛容飾繁登降之禮趨詳之節累世不能殫
其學當年不能究其禮君欲用之以移齊俗非所以先

細民也後景公敬見孔子不問其禮曰待子以季氏吾
不能以季孟之間待之齊大夫猶欲害孔子孔子聞之
欲去景公亦曰吾老矣不能用也孔子遂行反乎魯孔
子年四十二魯昭公卒於乾侯定公五年季平子死桓
子嗣立桓子穿井得土缶中若羊以問孔子曰得狗孔
子曰以丘所聞羊也丘聞之木石之怪夔罔閬水之怪
龍罔象土之怪墳羊是時陽虎專季氏嘗囚季桓子盟
而釋之虎欲見孔子而惡無禮大夫有賜於士不得受

之其家則往拜其門陽虎時孔子之亡也而饋孔子烝豚孔子亦時其亡也而往拜之遇諸塗謂孔子曰來予與爾言曰懐其寶而迷其邦可謂仁乎曰不可好從事而亟失時可謂知乎曰不可日月逝矣歲不我與孔子曰諾吾將仕矣魯君臣上下皆失其正故孔子不仕退而脩詩書禮樂弟子至自遠方受業者益衆定公八年陽虎將殺三桓不克出奔齊公山不狃為費宰不得志於季氏與虎同惡以費叛召孔子孔子欲往子路不說

孔子曰夫召我者而豈徒哉如有用我者吾其為東周乎然卒不行時孔子年五十自陽虎出而魯小安定公以孔子為中都宰一年四方皆則之由中都宰為司空由司空為大司寇十年齊魯會於夾谷孔子相定公將以乘車好往孔子曰臣聞有文事者必有武備有武事者必有文備古者諸侯出疆必具官以從請具左右司馬定公許之犁彌言於齊侯曰孔丘好禮而無勇若使萊人以兵劫魯侯必得志焉齊侯從之孔子以公退曰

士兵之兩君合好而裔夷之俘以兵亂之非齊君所以
命諸侯也裔不謀夏夷不亂華俘不干盟兵不偪好於
神為不祥於德為愆義於人為失禮君必不然齊侯聞
之遽避之將盟齊人加於載書曰齊師出竟而不以兵
車三百乘從我者有如此盟孔子使茲無還揖對曰而
不反我汶陽之田吾以共命者亦如之齊侯將享公孔
子謂梁丘據曰齊魯之故吾子何不聞焉事既成矣而
又享之是勤執事也且犧象不出門嘉樂不野合饗而

既具是棄禮也若其不具用秕稗也用秕稗君辱棄禮
名惡子盍圖之夫享所以昭德也不昭不如其已乃不
果享卒事齊人不能加魯齊侯愧焉乃歸魯鄆讙龜陰
之田十二年夏孔子言於定公曰臣無藏甲大夫無百
雉之城使仲由爲季氏宰將墮三都於是叔孫氏墮郈
季氏墮費將墮成公歛處父謂孟孫墮成齊人必至於
北門且成孟氏之保障也無成是無孟氏也子僞不知
我將不墮十二月公圍成弗克十四年孔子年五十六

由司寇攝相事有喜色門人曰聞君子禍至不懼福至不喜孔子曰有是言也不曰樂以其貴下人乎於是誅魯大夫亂政者少正卯與聞國政三月粥豚羔者弗飾賈男女行者別於塗塗不拾遺四方之客至乎邑者不求有司皆予之以歸齊人聞而懼曰孔子為政必伯伯則吾地近焉我為之先并矣盍致地焉犂鉏曰請先嘗沮之沮之而不可則致地庸遲乎於是選國中女子八十人皆衣文衣而舞康樂文馬三十駟以遺魯君陳於

魯城南高門外季桓子微服往觀語魯君為周道游觀終日卒受之三日不朝孔子將行而惡彰君之惡也於是魯方郊不致膰肉於大夫孔子遂行（孟子曰孔子從而祭膰肉不至不稅冕而行不知者以為為肉也其知之者以為為無禮也乃孔子則欲以微罪行不欲為苟去君子之所為衆人固不識也然則孔子之去實以女樂而託膰肉耳）宿乎屯師已送之曰夫子則非罪孔子曰吾歌可夫歌曰彼婦之口可以出走彼婦之謁可以死敗蓋優哉游哉聊以卒歲師已反桓子曰孔子亦何言師已以實告桓子喟然歎曰夫子罪我

以羣婢故也夫孔子去魯凡十三年適衛者五適陳適
蔡者再適曹適宋適鄭適葉適楚各一諸侯皆莫能用
卒自衛反魯孔子之初適衛也主於顏讎由衛靈公問
孔子居魯得禄幾何對曰奉粟六萬衛人亦致粟六萬
居頃之或譖孔子於靈公靈公使公孫余假一出一入
孔子恐獲罪居十月去衛將適陳過匡孔子貌類陽虎
陽虎嘗暴匡人匡人以為虎而止之孔子曰文王既沒
文不在兹乎天之將喪斯文也後死者不得與於斯文

也天之未喪斯文也匡人其如予何居五日顏淵後子曰吾以汝為死矣顏淵曰子在回何敢死孔子使從者為甯武子臣然後得去月餘復反乎衛主蘧伯玉靈公夫人南子使人謂孔子曰四方之君子不辱與寡君為兄弟者必見寡小君寡小君願見孔子孔子辭謝不得已而見之夫人在絺帷中孔子入門北面稽首夫人自帷中再拜環佩玉聲璆然孔子曰吾鄉為弗見見之禮答焉子路不說孔子矢之曰予所否者天厭之天厭之居月

餘靈公與夫人同車宦者雍渠參乘使孔子為次乘招
搖過市孔子曰吾未見好德如好色者也於是醜之去
衛過曹是歲魯定公卒孔子去曹適宋與弟子習禮大
樹下宋司馬桓魋欲害孔子拔去其樹孔子曰天生德
於予桓魋其如予何孔子適鄭與弟子相失獨立鄭東
門外鄭人或謂子貢曰東門有人其顙似堯其項類臯
陶其肩類子產然自腰以下不及禹三寸纍纍若喪家
之狗子貢以告孔子欣然笑曰形狀末也而似喪家之

狗然哉然哉孔子遂至陳主司城貞子有隼集於陳庭

而死楛矢貫之石砮長尺有咫陳湣公使問孔子孔子

曰隼來遠矣此肅慎氏之矢也昔武王克商通道九夷

八蠻使各以其方賄來貢以無忘職業於是肅慎貢楛

矢石砮長尺有咫先王欲昭其令德以肅慎矢分太姬

配胡公而封諸陳分同姓以寶玉展親也分異姓以遠

方之職貢無忘服也陳人求之故府得之居陳三年吳

楚爭陳陳常被寇孔子去陳將復適衛過蒲會公叔氏

以蒲叛衛止孔子弟子公良孺以其私車與蒲人鬬蒲人懼與孔子盟曰無適衛孔子既出適衛子貢曰盟可負耶孔子曰要盟神弗聽也衛靈公聞孔子來喜郊迎問曰蒲可伐乎對曰可靈公曰蒲衛之所以待晉楚也而伐之可乎孔子曰其男子有死之志婦人有保西河之志吾所伐者不過四五人公曰善然不伐蒲靈公老怠於政不用孔子孔子歎曰苟有用我者期月而已可也三年有成擊磬於衛有荷蕢而過門者曰有心哉擊

磬乎既而曰鄙哉硜硜乎莫巳知也夫巳而巳矣孔子聞之曰果哉末之難矣孔子自衛將適晉趙簡子攻范中行伐中牟佛肸以中牟叛召孔子孔子欲往子路曰由聞諸夫子親於其身為不善者君子不入也佛肸以中牟叛子之往也如之何孔子曰有是言也不曰堅乎磨而不磷不曰白乎涅而不淄吾豈匏瓜也哉焉能繫而不食孔子至河聞趙簡子殺竇鳴犢舜華臨河而歎曰美哉水洋洋乎丘之不濟此命也夫子貢趨而進曰

敢問何謂也孔子曰竇鳴犢舜華晉之賢大夫也趙氏未得志之時須此兩人而後從政及其得志殺之乃從政丘聞之也刳胎殺夭則騏驎不至郊竭澤涸漁則蛟龍不合陰陽覆巢毀卵則鳳凰不翔何則諱傷其類也夫鳥獸之於不義也尚知辟之而况丘哉乃還息於陬鄉作陬操以哀之反乎衛復主蘧伯玉靈公問陳於孔子孔子對曰俎豆之事則嘗聞之軍旅之事未之學也明日遂行復適陳是歲靈公死明年魯哀公三年孔子

年六十矣魯桓宫釐宫災孔子聞之曰災必於桓釐之宫已而果然秋季桓子卒其弟康子嗣桓子病且死遺言於康子恨不終用孔子屬使召之故康子欲召孔子公之魚曰昔吾先君用之不終為諸侯笑今又用之不能終是再為諸侯笑也康子曰然則誰召而可曰必召冉求於是使使召冉求冉求將行孔子曰魯人召求非小用之將大用之也是日孔子曰歸歟歸歟吾黨之小子狂簡斐然成章不知所以裁之子貢知孔子思歸送

冉求因誠曰即用以孔子為招云冉求既去明年孔子自陳遷於蔡蔡公孫翩弑昭公明年孔子自蔡如葉葉公問政孔子曰近者説遠者來他日葉公問孔子於子路子路不對孔子聞之曰爾奚不曰其為人也發憤忘食樂以忘憂不知老之將至云爾去葉反於蔡長沮桀溺耦而耕孔子過之使子路問津焉長沮曰夫執輿者為誰曰為孔丘曰是魯孔丘歟曰然曰是知津矣桀溺曰子為誰曰為仲由曰是魯孔丘之徒歟曰然曰滔滔

者天下皆是也而誰以易之且而與其從辟人之士也
豈若從辟世之士哉耰而不輟子路行以告孔子憮然
曰鳥獸不可與同羣吾非斯人之徒與而誰與天下有
道丘不與易也他日子路遇荷篠丈人曰子見夫子乎
丈人曰四體不勤五穀不分孰為夫子止子路宿殺雞
為黍而食之見其二子焉明日子路以告孔子孔子曰
隱者也使子路反見之至則行矣子路曰不仕無義長
幼之節不可廢也君臣之義如之何其廢之欲絜其身

而亂大倫君子之仕也行其義也道之不行已知之矣
孔子反於蔡三歲吳伐陳楚昭王救陳師於城父聞孔
子在陳蔡之間使人聘孔子孔子將往從之陳蔡大夫
謀曰孔子賢者所譏刺皆中諸侯之病今者久留陳蔡
之間諸大夫所行非仲尼意若用於楚則陳蔡用事大
夫危矣於是相與發徒役圍孔子於野不得行絶糧從
者病莫能興孔子講誦弦歌不衰子路慍見曰君子亦
有窮與孔子曰君子固窮小人窮斯濫矣孔子知弟子

有愠心乃召子路而問曰詩云匪兕匪虎率彼曠野吾道非耶吾何為於此子路曰意者吾未仁耶人之不我信也意者吾未知耶人之不我行也孔子曰由有是乎使仁者而必信安有伯夷叔齊使知者而必行安有王子比干子路出子貢入見孔子曰詩云匪兕匪虎率彼曠野吾道非耶吾何為於此子貢曰夫子之道至大也故天下莫能容夫子夫子盍少貶焉孔子曰賜良農能稼而不能為穡良工能巧而不能為順君子能修其道

綱而紀之統而理之而不能為容今爾不修爾道而求為容而志不遠矣子貢出顔回入見孔子曰詩云匪兕匪虎率彼曠野吾道非耶吾何為於此顔回曰夫子之道至大故天下莫能容雖然夫子推而行不容何病不容然後見君子夫道之不修是吾醜也道既已大修而不用是有國者之醜也不容何病不容然後見君子孔子欣然而笑曰有是哉顔氏之子使爾多財吾為爾宰於是使子貢見楚昭王昭王以師迎孔子然後得免昭

王將以書社地七百里封孔子楚令尹子西曰王之使諸侯有如子貢者乎曰無有王之輔相有如顔回者乎曰無有王之將帥有如子路者乎曰無有王之官尹有如宰予者乎曰無有且楚之祖封於周號爲子男五十里今孔丘述三五之法明周召之業王若用之則楚安得世世堂堂方數千里乎文王在豐武王在鎬百里之君卒王天下今孔丘得據土壤賢弟子爲佐非楚之福也昭王乃止其秋楚昭王卒於城父楚狂接輿歌而過

孔子曰鳳兮鳳兮何德之衰往者不可諫来者猶可追已而已而今之從政者殆而孔子下欲與之言趨而辟之不得與之言於是孔子自楚反乎衛是歲孔子年六十三而魯哀公六年也衛靈公死而世子蒯聵入於戚蒯聵之子出公輒立父子爭國孔子既至而弟子疑所予冉有子貢以伯夷叔齊之事質之然後知孔子之不予輒也子路問孔子治衛所先孔子答之以正名而子路不達前此三年季康子嗣立而名冉有矣後此五年冉有為魯帥師敗齊師于清今冉有在衛豈自

魯來見孔子歟哀公七年子貢在魯為季氏說吳太宰嚭豈今歲自衛反魯歟子路與冉有同為季氏家臣既而仕衛孔氏以死豈與孔子皆歸於魯復自魯仕衛歟傳記脫畧無所考證矣孔子既歷聘諸

國其君無足與成事者將歸老於魯弟子冉有子貢方為魯臣故孔子磐桓於衛者累歲魯哀公十一年冉有帥師敗齊師於清季康子嘉欲名孔子問冉有曰孔子何如人哉對曰用之有名播之百姓質之鬼神而無憾然求之不以道雖累千社夫子不利也康子曰我欲召之可乎對曰無以小人固之則可矣衛大夫孔圉將攻

太叔疾訪於孔子孔子辭之退而命駕曰鳥則擇木木
豈能擇鳥哉圉遽謝焉將止魯人以幣召孔子乃歸季
氏欲以田賦使冉有訪諸孔子孔子曰丘不識也冉有
曰子為國老待子而行若之何子之不言也孔子不對
而私於冉有曰君子之行也度於禮施取其厚事舉其
中歛從其薄如是則丘亦足矣若不度於禮而貪冒無
猒雖以田賦將又不足且季孫若欲行而法則周公之
典在若欲苟而行又何訪焉弗聽十二年昭夫人孟子

卒孔子吊適季氏季氏不絻放經而拜十四年齊田恒
弑其君孔子齋三日而請伐齊哀公曰魯為齊弱久矣
子之伐之將如之何對曰田恒弑其君民之不予者半
以魯之衆加齊之半可克也公曰告夫三子之三子告
不可孔子退而告人曰以吾從大夫之後不敢不告也
哀公問何為則民服孔子對曰舉直錯諸枉則民服舉
枉錯諸直則民不服季康子問使民敬忠以勸對曰臨
之以莊則敬孝慈則忠舉善而教不能則勸康子問政

對曰政者正也子帥以正孰敢不正康子患盜對曰苟子之不欲雖賞之不竊又問如殺無道以就有道何如對曰子為政焉用殺子欲善而民善矣君子之德風小人之德草草上之風必偃吳之伐越也墮會稽得骨節專車吳子使聘魯且問之孔子曰無以吾命也賔既將命發幣於大夫及孔子孔子爵之既徹俎而燕客執骨而問曰骨何者為大孔子曰丘聞之昔禹致羣神於會稽之山防風氏後至禹殺而戮之其骨專車此為大矣

客曰誰為神孔子曰山川之神足以紀綱天下其守為神社稷為公侯皆屬於王者客曰防風何守孔子曰汪罔氏之君守封禺之山為漆姓在虞夏商為汪罔氏於周為長狄今謂之大人客曰人長幾何孔子曰僬僥氏三尺短之至也長者不過十之數之極也吴伐越墮會稽前此十一年然其通魯則五六年耳史記載此事在定公之世則為失之矣孔子之歸魯非求仕也以為父母之邦益將老焉而魯之君臣亦莫能用自周室微而禮樂詩書缺孔子憂後世之無述也於是敘

書上紀唐虞下至秦穆爲百篇删詩上采契稷中述商周之盛至幽厲之缺爲三百五篇皆弦歌之以求合韶武雅頌之音故曰吾自衛反魯然後樂正雅頌各得其所至於禮樂之説遭秦焚書之變世不復見孔子曰夏禮吾能言之杞不足徵也殷禮吾能言之宋不足徵也文獻不足故也足則吾能徵之矣孔子觀三代所損益曰後雖百世可知也周監乎二代郁郁乎文哉吾從周與魯太師論樂曰樂其可知也始作翕如也縱之純如

也皦如也繹如也以成至其詳不可得而聞矣葢晚而學易讀之常編三絶為之彖象文言繫辭以發其秘復因魯史記作春秋取東周之後戰國之前當魯十二公以為前此者周之典刑行於諸侯無所事春秋後此者禮法大壞中夏幾於夷狄雖有春秋無所復施哀公十四年春西狩獲麟魯人以為不祥孔子傷之故春秋終焉其實田恒三晉自是起也孔子之於當世其志見於春秋故曰後世知我者以春秋罪我者以春秋弟子受

業高弟七十七人其下者三千其於六藝不盡通也獲麟之三年哀公十六年孔子年七十有三蚤作曳杖而歌於門曰泰山其頽乎梁木其壞乎哲人其萎乎子貢聞之曰泰山其頽則吾將安仰梁木其壞哲人其萎則吾將安放夫子殆將病也趨而入孔子曰夏后氏殯於東階之上則猶在阼也殷人殯於兩楹之間則賓主夾之也周人殯於西階之上則猶賓之也丘殷人也予夢坐奠於兩楹之間夫明王不興天下其孰能宗予予殆

將死也寢疾七日而沒實四月己丑哀公誄之弟子葬之魯城北泗上皆心喪三年喪畢乃去獨子貢築室於墓復三年而去弟子及魯人從而居者百餘室命曰孔里世世相傳春秋奉祠不絕雖帝王亦以弟子禮事之孔子少好學而無常師嘗從老聃問禮後與弟子言禮猶以聃之言為斷郯子朝於魯道黃帝以來名官孔子從而問焉歎曰吾聞天子失官學在四夷猶信嘗學鼓琴於師襄十日不進師襄曰可以益矣曰丘習其曲矣

未得其數也有間曰已習其數可以益矣曰丘未得其志也有間曰已習其志可以益矣曰丘未得其為人也有間曰有所穆然深思有所怡然高望而遠志焉曰丘得其為人矣黯然而黑頎然而長眼如望羊如王四國非文王其孰能為此也師襄辟席再拜曰師蓋云文王操也故世之知之者曰大哉孔子博學而無所成名而孔子亦自謂少賤故多能鄙事然非其所以為孔子也所以為孔子者人不盡知而孔子蓋略言焉曰我非多

學而志之者予一以貫之又曰吾十有五而志于學三
十而立四十而不惑五十而知天命六十而耳順七十
而從心所欲不踰矩謂伯夷叔齊不降其志不辱其身
謂柳下惠少連降志而辱身矣言中倫行中慮其斯而
已矣謂虞仲夷逸隱居放言身中清廢中權我則異於
是無可無不可至語其極也曰予欲無言天何言哉四
時行焉百物生焉然天下莫之知則歎曰鳳鳥不至河
不出圖吾已矣夫至其甚也則欲居九夷乘桴以浮于

海以示中國莫與立者而非其誠言也孔子生鯉伯魚年五十先孔子死伯魚生伋子思年六十二作中庸子思生白子上年四十七子上生求子家年四十五子家生箕子京年四十六子京生穿子高年五十一子高生子慎年五十七嘗為魏相子慎生鮒年五十七為陳王涉博士死於陳鮒弟子襄年五十七為漢惠帝博士遷為長沙守長九尺六寸子襄生忠年五十七忠生武武生延年及安國安國為漢武帝博士至臨淮守蚤卒安

國生卬卬生騅
穊子曰孔子一用於魯有成功矣而魯定公季桓子皆
庸人一為女樂所誤視棄孔子如脫弊屣孔子去魯而
游諸侯有意於擇君矣乎當是時諸侯無可言者衛靈
公雖無道而善用人仲叔圉治賓客祝鮀治宗廟王孫
賈治軍旅以無失其國孔子疑可輔焉是以去魯三年
而往反於衛者四及知其不用然後適陳適蔡皆再孔
子之於陳蔡無取焉耳陳蔡近於楚而楚昭王葉公諸

梁一時賢君臣也磐桓以竢焉前後六年見葉公不合卒見昭王將用之矣而子西間之昭王亦死知諸侯無復可與共事者然後浩然有歸老之意然猶反於衛五年以湏魯人之招也蓋翔而後集故歟孔子於衛見南子於魯欲從公山弗狃於晉欲從佛肹弟子或疑之而後世亦未免焉昔柳下惠嫗不逮門之女魯人不以為溋魯有男子與婦人皆獨居婦人有急將從之拒而弗納婦人曰子何不為柳下惠男子曰柳下惠則可吾則

不可孔子聞之曰學柳下惠者未有若此人者也然則

此亦孔子之所獨歟

古史卷三十一